目次

十津川警部　鳴門の愛と死

第一章　挑戦状

1

十《と》津川《つがわ》警部宛てに、一冊の本が、送られてきた。タイトルは『殺人の証明』である。

扉を開くと、「献呈　警視庁捜査一課　十津川警部殿」と書かれてあった。

著者の名前は、大下《おおした》楠《くす》夫《お》。

その名前に、十津川は、記憶があった。確か、最近売り出し中の、ノンフィクション・ライターである。

大下は、十年前に起きた、連続殺人事件について、事件に関係した人間の一人一人から、証言を取って、書き上げた作品で、何かの賞を獲《と》ったと、十津川は、記憶していた。

その日の、昼休み、食事を済ませたあと、十津川は、コーヒーを飲みながら、贈呈された本を読んでみることにした。

＊

今から、約一年前の四月四日、世田谷区等々力《せたがやとどろき》の、閑静な住宅街で起きた、凄惨な殺人事件といえば、多くの人々の記憶に、まだ新しい。

殺されたのは、女優の笠原由紀《かさはらゆき》、本名、小笠原美由紀《おがさわらみゆき》、二十八歳だった。

この美人女優は、当時、二つのことで有名だった。

一つは、結婚していながらも、恋多き女といわれ、二枚目俳優で、プレイボーイとして名を馳《は》せたY・Tや、あるいは、世界的なテノール歌手といわれたK・E、さらには、日本を代表する映画監督であるS・Kなどとの関係が、女性週刊誌やテレビのワイドショーで、取り沙汰されていた。

二つ目は、二年前に出したヘアヌードの写真集が、爆発的に、売れたことである。

その写真は、あまりにも、エロティックで、刺激的だった。このヘアヌード写真集を撮ったのは、彼女の夫で、若手のフリーカメラマン、小笠原徹《とおる》だった。そのこともまた、一つの大きな話題になった。

その写真集が、出版されたあと、笠原由紀の男遍歴は、ますます、激しくなったといわれている。

そのため、彼女の夫、小笠原徹との間が、うまくいかなくなり、しばしば、離婚が、

十津川警部　鳴門の愛と死

西村京太郎

集英社文庫

噂《うわさ》になっていた。

そんな時に起きた殺人事件だった。

笠原由紀は、殺された時、バスルームで、シャワーを浴びていたといわれている。文字通り、全裸でいるところを、犯人に狙われたのである。

彼女の、裸の胸を刺したのは、市販されている、サバイバルナイフだった。

男遍歴の激しい妻が殺されたとなると、誰もが、まず、夫の小笠原徹に、疑いの目を向ける。

恋多き女、美人で、素晴らしい肉体をしている。嫉妬した夫が、ついに、奔放な妻に対して、凶器を振るった。

誰しも、そんなふうに考えるだろうし、この事件の捜査を担当した、警視庁捜査一課のT警部も、同じように考え、夫の小笠原徹の周辺を、調べることになった。

小笠原の容疑が、濃厚な理由の一つは、殺しに使われたサバイバルナイフのことだった。

小笠原は、若手の、売れっ子写真家としても有名だが、山歩きの趣味があり、その方面でも、有名だった。

クマが出没する知床《しれとこ》の山にも、一人で登ることがあり、そんな時の、護身用にと、犯行に使われたのと同じ、サバイバルナイフを持っていると、小笠原は、認めていたのだ。

しかし二カ月にわたる身辺捜査のあと、T警部は、小笠原徹にシロの判断を下した。

T警部は、容疑者第一号の、小笠原徹にシロの判断を下した理由について、こう述べている。

笠原由紀が殺された、昨年の四月四日には、小笠原は仕事で徳島に行き、鳴門《なると》の渦潮を、撮影していた。

また、鳴門には、四国八十八カ所巡りの第一番札所である、霊山寺《りようぜんじ》がある。

四月四日、小笠原徹は、その霊山寺の近くで、三宅亜紀子《みやけあきこ》という、三十代のお遍路に会って話をし、彼女の写真を撮った。彼女は、五歳の一人息子がいたのだが、その子を自動車事故で亡くしていた。

その辛《つら》さを、噛《か》みしめるように、四月四日、お遍路姿で、第一番札所の、霊山寺に来ていたのである。

T警部が、この三宅亜紀子に会って、話を聞いたところ、間違いなく、四月四日の午後三時頃、霊山寺の近くで、カメラを持った、小笠原徹に会い、写真を撮ったと、証言したのである。

この二つで、小笠原のアリバイは、完全なものになった。

第一容疑者の小笠原徹が、シロと断定されたあと、T警部は、被害者の笠原由紀と、何らかの関係があった男たちを、片っ端から洗っていった。

しかし、どの男にも、アリバイがあって、迷宮入りに、なってしまった。

もちろん、今も捜査は、引き続いて行われているが、犯人は、被害者、笠原由紀の熱烈なファンであり、何らかの手段を使って、彼女の、自宅の玄関の鍵を手に入れ、それを使用して侵入。そして、シャワーを浴びていた、笠原由紀をいきなり刺し殺して、逃亡した。つまり、顔なじみの犯行ではない。

今、T警部は、そのように、考えているといわれていた。


私（大下楠夫）は、この事件に興味があって、自分で、足を使って、歩き回り、いろいろと調べてみた。

その結果、警視庁捜査一課が、シロと断定した小笠原徹を、本当に、シロと断定していいのかと、強い疑いを持つようになった。

これから、その理由について、記していきたい。

まず第一に考えたいのは、捜査一課が、結果的に小笠原を、シロと断定した、四月四日のアリバイについてである。

捜査一課と、T警部は、四月四日の事件当日、小笠原徹は、徳島に行き、鳴門の渦潮の写真を、撮っていたから、そのアリバイが成立しているという。

ところが、問題の四月四日に、撮ったと断定できる鳴門の渦潮の写真が、いくら探しても、見つからないのである。

四月四日に、鳴門で、小笠原が撮ったとされる渦潮の写真が、何枚か、存在することは、間違いない。

しかし、こちらが、調べてみると、小笠原は、その前年の十月四日にも、同じ鳴門の渦潮を、撮りに行っているのである。そして、小笠原はさらに、それ以前にも、鳴門の渦潮を撮影しているのだ。

だとすると、四月四日に、撮影したとされる渦潮の写真は、その時の写真ではないのか？

問題の四月四日は、快晴だったため、きれいな写真が撮れたと、小笠原は、いっているが、一昨年の秋に、彼が同じく鳴門の渦潮を撮りに行った十月四日も快晴で、同じようによく晴れていたと、私が調べた限りではなっているのだ。

もう一つのアリバイ証明、それは、四国八十八カ所巡りの、鳴門にある第一番札所、霊山寺のそばで会ったという、お遍路である。

そのお遍路は、わが子を交通事故で失い、その悲しみから、立ち直るために、巡礼を決意したという、三宅亜紀子という女性だが、こちらは、なぜか、現在、行方不明になってしまっているのである。

しかも、当時、彼女は、知人から百五十万円の借金をしていて、金に困っていたという事実がある。

ところが、私が、調べてみると、小笠原徹に関して、彼に有利な証言をしたあと、なぜか、この借金を、まとめて返しているのである。

ひょっとすると、彼女は、小笠原徹から金を貰《もら》って、その見返りに、偽証したのではないのか？

偽証をとがめられるのが怖くて、姿を消してしまったのではないのだろうか？

私には、どうしても、そんなふうに、思えてならないのだ。

もう一つ、小笠原徹が、シロではなく、クロと呼べる容疑者だと、私が考えている理由を、ここに、記しておこう。

小笠原徹は、去年の暮れ、正確には、十二月十日に、自分の愛車ポルシェ９１１を運転していて、自宅近くの道路で、安藤君恵《あんどうきみえ》という三十七歳の女性をはねて、死なせてしまっている。

小笠原は、その時、逃げずに、車から降りると、すぐに、救急車を呼んで、自分がはねた安藤君恵を、病院に運んでいる。

その途中で、安藤君恵は、死亡してしまうのだが、小笠原が、逃げずに、一一九番したこと、事故が起きたのが、夜の八時で、安藤君恵が、横断歩道ではないところを、渡ろうとした不注意ということで、小笠原は、罪には、問われなかった。

加えて、警察では、この事故について、むしろ、はねられた安藤君恵という女性のほうに、過失があったと見ていて、この件で、小笠原徹が、妻殺しについて、再度、捜査されるということは、なかった。

ところが、私が、この安藤君恵について、調べてみると、驚いたことに、彼女は、四月四日の殺人事件に、少なからず、関係を持っている人間だったのである。

私が、どうして、この安藤君恵に、関心を持ったかといえば、第一は、彼女の住所である。

安藤君恵が住んでいたところは、台東《たいとう》区千束《せんぞく》である。

千束に住んでいる安藤君恵が、どうして、十二月十日の夜八時に、世田谷区等々力の、それも、小笠原徹の自宅近くの、通りを渡ろうとしていたのだろうか？

それについて、この交通事故を、調べた警察官によると、事故現場近くに、安藤君恵の高校時代の、女友達が住んでいるので、おそらく、その女友達に、何かの用があって、行こうとしていたのだろうと考えられるというのである。

果たして、そうだろうか？

私は、その、高校時代の友達という女性に、会ってみた。

確かに、彼女は、安藤君恵と日頃から、親しくしており、時々会っていたから、その日、約束はなかったが、安藤君恵が、自分を、訪ねてきたとしても、おかしくはないと、証言した。

しかし、暮れの、十二月である。しかも、夜の八時に近かったのだ。

そんな時刻に、たとえ、親友であろうと、前もって連絡もなしに、突然、会いに、行くものだろうか？

その疑いが、私のなかでいつまでも解消しないので、安藤君恵のことを、さらに調べてみることにした。

何か、ほかに、理由があって、現場付近を歩いていて、小笠原徹が運転する、スポーツカーにはねられて、死んでしまったのではないのか？

それが、どうにも引っ掛かっていたのだが、少しずつ、その答えが、見つかってきた。

何と、この安藤君恵は、笠原由紀が、殺された四月四日、その日の、小笠原徹のアリバイを証言した三宅亜紀子、一人息子を失って、四国八十八カ所巡りの、第一番札所に行ったという、その三宅亜紀子と、高校時代の、同級生だったのである。

さらに、調べを続けると、問題の四月四日、安藤君恵も、三宅亜紀子と同じ日に、四国八十八カ所巡りを発起し、一緒に、第一番札所、霊山寺に行っていたらしいことが、分かってきた。

どうやら、二人一緒に、第一番札所の霊山寺から、順番に、札所巡りを、しようとしていたらしいのだ。

三宅亜紀子は、問題の四月四日に、小笠原徹と会って、写真を撮ったと証言し、この証言が、決め手になって、小笠原のアリバイが証明されたのである。

しかし、この時、三宅亜紀子は、安藤君恵と一緒にいたわけで、もし、三宅亜紀子が金を貰って、偽証したとすると、そのことを、安藤君恵も知っていたのではないのか？

私は、大胆な推理を立ててみることにした。

私は、ここまで書いてきたように、四月四日のアリバイについて、三宅亜紀子が、小笠原徹から金を貰って、彼に有利な証言をしたと思っている。

偽証だから、四月四日には、実際には会っていない。そのことに、一緒に、お遍路をすることにしていた安藤君恵は、気がついていたのではないだろうか？

しかし、安藤君恵は、そのことを、警察にはいわずに、沈黙を守った。

いったい、なぜなのだろうかと考えていくと、こういうことが、推測できるのではないか。

安藤君恵は、しばらくの間、沈黙を守っていたが、暮れの十二月になって、金が要ることが、できた。そこで、小笠原徹を強請《ゆす》って、いくらかの金を、得ようと考えたのではないだろうか？

十二月十日の夜、小笠原徹に会うために、彼の家の近くまで、出向いていったのではないのか？

小笠原は、安藤君恵に、警察で証言されては、大変だと考え、口を封じるために、車に乗って、待ち構えていた。

それとは知らずに、いそいそと、車道を渡ろうとしていた安藤君恵に、小笠原は、車をぶつけていった。

はねたあと、車から降りたのは、安藤君恵を助けるためではなく、彼女が果たして、どの程度の、傷を負ったのかを、調べるためだったに違いない。彼女が、ほとんど、絶命に近いことを確認してから、安心して、小笠原は、一一九番したのではないだろうか？

予想通り、安藤君恵は、救急車で、病院に運ばれる途中で、死亡した。

ここまで話を、進めていけば、私が、なぜ、例の事件について、自分で調べ、この本を書くことにしたか、その理由を、分かっていただけたと思う。

私は、小笠原徹に対して、疑いを抱いた。そこで、私は、彼に関して独自の調査をしてみたいと思った。

警察とは違った手段で、いろいろと、調べていくと、警視庁捜査一課が、小笠原をシロと断定したのは、完全に間違いで、小笠原徹こそ、妻で美人女優の笠原由紀を殺害した真犯人なのだ。

私は、さまざまな角度から、検討を重ねた結果、その結論に達した。

そこで、この事件を捜査した、警視庁捜査一課と、T警部に質問したい。

私が書いたように、小笠原徹の、四月四日のアリバイは、どう考えても、信用できないはずである。

これだけの疑いを、私が持っているのに、それでもなお、T警部は、小笠原徹をシロだと、断定するおつもりだろうか？

＊

十津川は、読んでいる途中で、本多《ほんだ》捜査一課長に、呼ばれた。

本を伏せて、課長室に行くと、本多の机の上にも、同じ本が置かれているのが目に入った。

「その本のことで、私を呼ばれたんですか？」

十津川が、聞くと、本多は、うなずいて、

「おそらく、君のところにも、同じ本が送られてきたんじゃないのかね？」

「その通りです。今朝、親展で送られてきました。今、ちょうど、読んでいるところでした」

「それなら、話がしやすい。この著者は、マスコミにも、これを、送ったらしいんだよ。私の知っている新聞記者からも、たった今、電話がかかってきて、どう思うかと聞かれた。だから、まだ読んでいないといっておいたんだがね。T警部というのは、君のことだろう。その本人から感想を聞きたいね」

本多捜査一課長が、いった。

「途中まで読んだところですが、私は、今も小笠原徹が、犯人ではないと、確信しています」

「安藤君恵という女性については、どうなのかね？　著者の大下楠夫は、安藤君恵こそ、問題の、四月四日の事件の鍵を、握っている女で、だからこそ、殺されたんだ。捜査一課が、彼女のことを、調べていないのはおかしいじゃないかと、書いているんだが、それについて、君は、どう思うね？」

「私も、安藤君恵が、四月四日の、殺人事件の証言者、三宅亜紀子と、同じ高校の同級生だったということは、知りませんでした。何といっても、自動車事故ですから、私たちではなくて、世田谷警察署の、交通係が処理をしていますから」

「そうか。今は、どう、考えているのかね？　大下楠夫は、安藤君恵が三宅亜紀子と高校の同級生だということは、大問題だと書いているが、君の考えを聞きたいね」

「私は、それほど、重大なことだとは、考えておりません。四月四日についての、三宅亜紀子の証言は、しっかりとしたもので、彼女が、偽証しているとは、とても、考えられません。三宅亜紀子と、小笠原徹との関係も、徹底的に、調べましたが、何の関係もありませんでした。したがって、三宅亜紀子が、小笠原徹のために、偽証するとは、考えにくいんですよ」

「大下楠夫は、また、安藤君恵について、勝手な推理を、本の中で、書いているじゃないか？　安藤君恵は、小笠原徹を強請ろうとして、十二月十日の夜、彼を訪ねていった。その口を封じようと、小笠原は、自宅近くでポルシェ911に乗って、待ち構え、車道を渡ろうとした安藤君恵を、はね飛ばした。小笠原徹が、安藤君恵を、車を使って殺したと、この本で、断言しているんだが、君は、どう反論するつもりかね？」

「そうですね。大下楠夫が、捜査本部を訪ねてきたら、探偵の真似事《まねごと》は、止《や》めてくれませんかと、いうつもりですよ。確かに、大下楠夫が、いうように、安藤君恵が、小笠原徹を強請ろうとして、口封じのために、殺されてしまった。そんなふうに、考えることも、自由ですがね」

「それで、大下楠夫は、納得するだろうか？」

「もちろん、納得はしないでしょうね。その本の中で、大下楠夫は、昨年四月四日に、女優の笠原由紀を殺したのは、夫の小笠原徹だと、書いているんですから」

「ほかにも、彼は、小笠原徹が犯人だと断定する上で、いろいろと、理由を書いている。その一つとして、問題の証人、三宅亜紀子が、現在、行方不明になっていると書いているが、本当に、彼女は、行方不明なのかね？」

「その件ですが、本当に、三宅亜紀子が、行方不明になっているのかどうか、調べてみるつもりでいます」

「もう一つ、小笠原徹は、昨年四月四日には、鳴門の渦潮を撮影するために、徳島に行っていたといっているが、その時に撮った肝心の写真が、存在しないではないか？　撮ったという写真が、あることはあるが、それは、四月四日ではなく、前年の秋に撮ったものだと、大下は、書いている。その点についても君の考えを、聞きたいものだね」

「それについては、こういう考えもあるんですよ。四月四日、小笠原徹は、鳴門の渦潮を撮りに、徳島に行っていました。ところが、次の日には、もう、新聞やテレビが、女優、笠原由紀が、自宅で、殺されたことを、大きく報道しているんです。小笠原は、それを知って、急遽《きゆうきよ》、鳴門から、東京に帰ってきています。そのために、鳴門の渦潮を撮った写真が少なくても、決して、不思議ではないんですよ」

「それでも、大下楠夫は、四月四日に撮った鳴門の渦潮の写真がないのは、どう考えてもおかしいというだろうね。大下は、前の年の秋にも、さらに、それ以前にも小笠原が、鳴門の渦潮を、撮りに行っているから、その写真を使って、いかにも、四月四日に行ったように、見せかけている。そう、書いている」

「正確にいうと、小笠原は、一昨年の十月四日に鳴門に行って、渦潮の写真を、撮っているんです」

「その写真を、小笠原は、四月四日に撮ったものだといって、誤魔化していると、書いているが、しかし、渦というのは、一昨年の十月に撮ったものと、昨年の四月四日に撮ったものとでは、微妙に、違うんじゃないのかな？」

「これから、それも調べてみたいと思っています。別の日に、撮ったものであることは、意外に簡単に分かるんじゃないですかね」

「そうなれば、小笠原徹が、シロだと断定した、われわれの捜査は、間違っていなかったことになるね。ぜひ、そうあって欲しいのだが、大丈夫だろうね？」

本多一課長は、少し不安げな表情で、十津川を見た。

「課長は、安心してくださっていて、大丈夫ですよ。私も、大下楠夫というノンフィクション・ライターに対抗して、もう一度、四月四日の殺人事件について、調べてみたいと思っているんです。前にやった捜査の繰り返しになりますが、当然、同じ結論、つまり、小笠原徹は、犯人ではないということになってくると、私は確信しています」

「それで、どこから調べるつもりかね？」

「小笠原徹について、有利な証言をしてくれた三宅亜紀子です。現在、行方不明になっていると、大下が書いている彼女を、探し出そうと思っています」

十津川は、明るい顔で、いった。

2

まず、証人、三宅亜紀子が、果たして、本当に、行方不明になっているのかどうか、それを、調べてみることにした。

三宅亜紀子には、何回か会って、証言して貰っているから、自宅マンションの場所も、電話番号も、分かっている。

十津川は、電話をかけてみた。

しかし、電話に出る気配はない。

十津川は、亀井《かめい》刑事を連れて、三宅亜紀子の住んでいる、杉並《すぎなみ》区内のマンションを訪ねてみた。

三宅亜紀子は、一人息子が、自動車事故で死んだことから、夫婦仲がおかしくなって、離婚し、現在は一人で、そのマンションに、住んでいるはずだった。

問題のマンションの、五〇二号室が、彼女の住まいだ。

しかし、そこで、管理人に聞いてみると、三宅亜紀子は、今から一カ月ほど前に、引っ越したというではないか。

「引っ越し先は、分かりませんか？」

亀井が、管理人に、聞いた。

「それが、まったく分からないんですよ。このマンションから、引っ越しをなさる方というのは、大抵、今までの、お礼をいわれたり、引っ越し先を、教えていってくれたりするんですがね。三宅亜紀子さんは、何もいわずに、突然、引っ越してしまわれたんですよ。ですから、どこに引っ越したのか分かりません」

念のために、十津川は、区役所に行って、住民票を調べて貰ったが、住民票の住所は、以前のままだった。住民票を、移していないのである。それだけ、あわただしい転居だったのか。

近所の郵便局へも、行って調べたが、そこでも引っ越し先への転送手続きを、していなかった。

こうなると、どこを探していいのか、十津川にも、見当がつかなかった。

「現在、三宅亜紀子は、行方不明だと書いた大下楠夫の話は、本当のようですね。引っ越し先が分からないというのは、困りましたね」

と、亀井が、いった。

「三宅亜紀子に、証言して貰う時、彼女が、信用できるかどうかを知りたくて、彼女のことを、知っている何人かに、会ってみたじゃないか？　その連中に、もう一度、会ってみよう」

十津川が、いった。

三宅亜紀子は、四谷《よつや》の法律事務所で、働いているはずだった。

十津川たちは、その法律事務所に、行ってみることにした。

雑居ビルの三階に「浅野《あさの》法律事務所」の看板が、今もかかっている。

前にも話を聞いた上田《うえだ》という副所長に、今回も話を聞くことにした。

「前にも、お邪魔して、ここで働いていた三宅亜紀子さんのことをお聞きしたのですが、今日、またちょっと、話を聞きたいことがあって、彼女が住んでいるマンションを、訪ねてみたのです。しかし、引っ越したあとでした。住民票を移さずに引っ越してしまったので、彼女の行方が、まったく分からないのですよ。こちらで、何かお分かりのことがあれば、話していただけないでしょうか？」

「実は、一カ月前に、彼女のほうから退職願が出されましてね。それで、ウチとは、縁が切れてしまったのですが」

上田副所長が、いう。

「本当に、この事務所を、辞めてしまったのですか？」

「そうなんですよ。ウチの事務所でも、あまりにも、突然のことだったので、ビックリして、今年一杯は、ここで働いたらどうかと、いったんですが、ダメでした」

上田は、そういって、三宅亜紀子が提出した辞職願を、見せてくれた。

そこには、一身上の都合によりとあり、名前と住所が、書いてあるのだが、古い住所になっていた。

「どうしても、三宅さんに会いたいんですが、引っ越し先の心当たりは、ありませんか？」

十津川が、聞いてみた。

「ウチでは、経理の仕事をやって貰っていたんですが、この事務所の近くに、『二十四時』という、ウチの所員が、よく行く喫茶店があるんですよ。そこのママと三宅君は、親しかったようですから、そこで聞いてみてはどうですか？」

と、上田は、教えてくれた。

十津川と亀井は、その喫茶店に、行ってみた。

ママは、五十歳前後の色白の、聡明《そうめい》そうな女性だった。

十津川が、三宅亜紀子の行方が、分からないというと、ビックリした顔になって、

「それ、本当ですか？　誰にも行き先も告げずに、いなくなるなんて、私が知っている彼女は、そういう女性ではないんですけどね。いったい、どうしたのかしら？」

「マンションの管理人に聞いても、三宅さんが働いていた、法律事務所で聞いても、どうやら、一カ月ほど前から、行方が、分からなくなってしまっているようなんですよ。法律事務所は、一カ月前に、一身上の都合ということで辞めているんです。その後、マ

マさんに、彼女のほうから、連絡はありませんでしたか？」

「電話がかかってきましたよ」

「それ、いつですか？」

「今から一週間前だったかしら」

「どんな電話でした？」

「ママには、黙っていたけど、一身上の都合で、法律事務所を辞めてしまった。これから自分で、お店でも、やりたいと思っている。確か、そんなことを話していましたよ」

「現在の住所を、いっていませんでしたか？」

「何もいいませんでしたね。私が、あのマンションから引っ越しているのを知っていたら、しつこく聞いてみたんですけどね。てっきり、まだあのマンションに、住んでいるものだとばかり、思っていたものですから、今、どこに住んでいるのと、聞いたりはしなかったんですよ」

「ほかには、何か、彼女、いっていませんでしたか？」

さらに、亀井が、聞いた。

「どんなことを、話したんだったかしら？　あ、そうだ。前に、彼女が、四国八十八カ所の巡礼をするといっていたことを思い出したんで、これからも、八十八カ所巡りを、するつもりか聞いたんですよ」

「三宅さんは、何と、答えたんですか？」

「あの時は、八十八カ所の、全部を回ったわけじゃないから、今度は、前の続きで、第二十番札所から回ってみたいと思っているって、いってましたよ。四月四日からの時は、第一番札所の霊山寺から、第十九番札所の、立江寺《たつえじ》まで、行ったみたいですね」

「ママさんも、一年前に起きた、笠原由紀という女優が殺された事件を、知っているんじゃありませんか？」

十津川が、聞くと、ママは、うなずいて、

「ええ、よく覚えていますよ。新聞やテレビが、大きく取り上げていましたからね。ウチに来るお客さんの間でも、話題になっていたんですよ」

「あの事件は、最初、殺された女優の夫、小笠原徹という写真家が、疑われたんですよ。私も、あの事件を担当したので、彼にも会って話を聞いたし、三宅亜紀子さんにも、話を、聞きました」

「いろいろと、思い出してきましたよ。今、刑事さんがおっしゃったように、殺された女優さんの夫が、疑われたんでしたね」

「容疑者第一号です。しかし、殺された日の四月四日には、夫に、ちゃんとしたアリバイがありましてね。そのアリバイの証言者の一人が、三宅亜紀子さんだったんですよ」

「それも、思い出しましたよ。あの頃、三宅さんがウチに来て、コーヒーを飲みながら、昨日、人助けをしちゃったと、いっていましたからね」

「人助けをしたと、三宅さんは、そういったんですか？」

「ええ、そうですよ。でも、本当は、少しばかり、恥ずかしかったんじゃありません？　何しろ、殺人事件で、警察に行って、証言したんだから」

「そのことですが、三宅亜紀子さんは、正直に、警察では、証言をした。そういっていましたか？」

「ええ、もちろん。彼女、真面目な人だから、嘘《うそ》の証言なんかは、絶対にしませんよ」

ママは、はっきりと、いった。

「あなたから見て、三宅亜紀子さんは、真面目な性格ですか？」

十津川が聞くと、ママは、急に、笑って、

「どうしたんです？　刑事さん、何を悩んでいらっしゃるんです？」

「何か、悩んでいるように見えますか？」

「ええ。三宅亜紀子さんは、警察の大事な証人で、信用していらっしゃったんでしょう？　それが、今になって、真面目な人ですかとか、今、どこにいるんですかとか、どうしたんです？　急に、信用できなくなったんですか？」

「そういうわけじゃありませんが」

十津川は、狼狽《ろうばい》した。

自分では、小笠原は、シロと、その確信はゆるがないと、思っているつもりなのだが、どこかで、不安がよぎってしまっているのだろう。証人の三宅亜紀子が、行方不明というだけで、ママに、助けを求めてしまっている。

今、彼女が、ママに、三宅亜紀子は、いいかげんな女ですよ、とでもいったら、自信が、がたがたと崩れてしまうのか？

これまでの捜査は、そんな、いいかげんなものだったのか？

「どうなさったんですか？」

ママが、心配そうに、聞く。

十津川は、照れ笑いをしてから、

「三宅亜紀子さんは、また、四国巡礼の続きをやりたいと、いってたんですね？」

と、聞いた。

「ええ。そういってましたよ」

「前の巡礼の時は、一人息子を、交通事故で亡くしたためでしたね？」

「ええ」

「次の巡礼は、何のためなんだろうか？」

「さあ、何でしょう？　でも、人間って、いくらでも、悩みは、ありますからね」

「四国の巡礼の時、守らなければならない、十戒というのがあるんですよ」

十津川は、三宅亜紀子の顔を思い出しながら、いった。

「モーゼの十戒みたいなことかしら?」

「ふざけ半分で、巡礼は困りますからね。それで、出発に当たって、してはいけないことを、自分にいい聞かせるんです。盗みをしてはいけないとか、人をねたんではいけないとかあって、そのなかに、嘘をついてはいけない、というのがあるんですよ」

「ええ。分かりますよ。それが、三宅亜紀子さんと、どんな関係が?」

「彼女は、四国八十八カ所巡りを、志して、四月四日、第一番札所の霊山寺に、参拝しているんです」

「ええ。そこから、十九番札所の立江寺まで、回ったように、いってましたよ」

「巡礼の出発地点で、嘘をついたりは、しないと、思うんですがね」

十津川は、自問し、そのことで、立ち直った感じがした。

彼女は、事故死した息子の回向《えこう》のために、四国の巡礼に出た。その出発点で、嘘をつくとは思えない。大下楠夫は、彼女が、金を貰って、偽証したというが、お遍路は、心に、十戒を背負って寺を回るのだ。そんな巡礼者が、第一番札所で、嘘をつくはずがない。

(しかし、なぜ、行方が分からなくなっているのだろうか?)

「最後に、一つ聞きたいことがあるんですがね。ママさんは、三宅亜紀子さんと親しかったから、彼女がお金に困っていたかどうか分かっていたんじゃないかと思うんですよ。彼女、お金に困っていましたか？」

「どうして、そんなことをお聞きになるんです？　亜紀子さんが、事件の犯人じゃないんでしょう？」

「実は、彼女が、お金に困っていたという噂がありましてね。もし、誰かに借金をしていたとなると、彼女の証言に信憑性《しんぴょうせい》がなくなってしまうんです」

「そんなもんなんですか？　証言って？」

「証人が、立派な人かどうかとは、関係ないんです。法廷ではね」

「同じことを、聞いてきた人がいましたよ。暇な人がいるんですねえ」

「この男じゃありませんか？」

十津川は、大下楠夫の本を見せた。本の裏には、著者の写真も、載っている。

「電話で、聞いてきたから、顔は分からないんですよ。ただ、三宅亜紀子さんが、あなたに、多額の借金をしていると聞いたので、それを確認したいというんですよ」

「それで、何と答えたんですか？」

「しつこく聞くから、ええ、私が、百五十万ばかり、貸しましたよ。でも、もう、返して貰いましたと答えたら、何だか知らないけど、満足したらしくて、やっぱりそうですか、ありがとうございますといって、電話を切りましたよ。最近、何かの賞を貰ったとかいってましたけど」

「百五十万、本当に、貸したんですか？」

「ええ」

「彼女は、そんな大金、何に必要だったんだろう？　理由をいいましたか？」

「いいえ」

「何も聞かずに、百五十万も貸したんですか？」

「私ね、相手が好きだったり、信用したら、無条件に、貸してあげるんです。その代わり、嫌いだったり、信用できない人には、百円だって、貸しませんよ」

「三宅亜紀子さんは、黙って、百五十万貸せる人だった？」

「ええ。彼女が、百五十万いるといったら、本当にいるんだろうし、変なことに使うはずはないから、喜んで貸しましたよ」

「その百五十万、いっぺんに返したんですね？」

「いいえ」

「いいえって、電話で聞かれて、いっぺんに返したと、答えたんでしょう？」

十津川が、驚いて聞くと、ママは、笑って、

「電話の人、変な人で、やたらに、その百五十万、最近、いっぺんに返したんでしょうって、聞くから、面倒くさくなって、ええ、いっぺんに返して貰いましたよといいまし

た。そうしたら、なぜだか、あの男の人、満足そうでしたけど、どういうことなのかしら？」

「確認しますが、ママさんは、彼女に百五十万貸したが、まだ、返して貰っていないんですね？」

「ええ」

「その百五十万は、いつ、彼女に貸したんですか？」

「さあ、いつだったかしら？　借用証があれば分かるんだけど、そんなものはないし――」

「借用証を取らなかったんですか？」

「それが、私のやり方だから」

と、ママは、いってから、

「彼女、四国の巡礼に行ったでしょう？」

「ええ、四月四日からです」

「その巡礼から帰ってきたあとで、借金の申し込みがあったの。だから、四月の十日前後だと思いますよ」

「それ、間違いありませんね？」

「ええ。だから、お遍路で、何かあって、急に、お金が必要になったんだなと思いましたから」

「お遍路のあとなんですね」

「刑事さんも、おかしいわ。そんなことで、嬉《うれ》しくなるんですか?」

ママが、眉をひそめている。だが、十津川は、胸のなかで、小さく、万歳をしていた。

3

本多一課長が、十津川に聞く。

「小笠原にも、大下楠夫は、この本を、送ったのかな?」

「おそらく、送ったと思いますが、それについての感想も、本人に、聞いてみようと思っています」

十津川は、亀井刑事と、世田谷区等々力にある、小笠原徹の自宅を訪ねた。

妻の笠原由紀をモデルにした、ヘアヌード写真集が売れに売れて、その印税で大改造したといわれている自宅である。十津川たちは、捜査中に何度となく訪ねていた。

小笠原徹は、芝生のある庭に、デッキチェアを置いて、横になっていた。

近くのテーブルには、例の本が、置いてあった。

(やっぱり、ここにも送られてきたのか)

と、十津川は、思いながら、小笠原に、

「その本、読んだんですか？」

「読みかけたら、テレビ局と、新聞社からの取材がありましたよ。今やっと、その連中が帰っていったところです」

少し疲れた表情で、小笠原が、いった。

「何を、聞かれたんですか？」

亀井が、聞いた。

「決まっているじゃないですか。この本に書いてあることを、どう、思うかというんですよ。まだ全部は読んでいないので、分からない。そういったら、連中は、このまま何もしないでいると、犯人扱いされてしまうから、著者の大下楠夫を、告訴しないのか？早く告訴したほうがいい。そんなことを、いっていましたね」

「それで、告訴するんですか？」

「いや、何もしませんよ。事件について、いろいろと、説明をしたり、反論したりするのは、もう、疲れました。それに、家内を殺してはいないんだから、何もしませんよ。告訴なんかしたら、かえって、面倒になりますからね。それよりも、刑事さんは、何の用で、来られたのですか？　この本に触発されて、もう一度、僕のことを、調べ直すつもりですか？」

「あなたの奥さんが殺された件については、あなたには、しっかりとした、アリバイがあるから、今も、犯人じゃないと確信していますよ。それよりも、あなたは、去年の十二月十日の夜、この近くで、交通事故を起こしたでしょう？　そのことで、話を聞きたいと、思いましてね」

「しかし、交通事故は、捜査一課の担当じゃないでしょう？」

「もちろん、そうですが、あなたの車にはねられて亡くなった安藤君恵さん、彼女のことを、あなたは、前から知っていたんじゃありませんか？」

十津川が聞くと、小笠原は、エッという顔になって、

「僕が、あの女性を、知っているはずはないでしょう。どうして、そんなことをいうんですか？」

「実は、その本に、書いてあるんですがね。殺人事件のあった四月四日、あなたは、鳴門の渦潮を、撮影しに、徳島に行っていた。向こうで、四国八十八カ所の第一番札所、霊山寺の近くで、お遍路さんの女性に、会いましたね？　三宅亜紀子さんです。そのことは、覚えていますね？」

「もちろん、覚えていますよ。それが、僕のアリバイに、なったんですからね」

「その三宅亜紀子さんと、あなたがはねた安藤君恵さんとは、高校時代の同級生で親友なんだそうです」

「本当ですか?」

「しかも、安藤君恵さんも、四月四日、親友の三宅亜紀子さんと一緒に、巡礼の旅に出発するので、徳島の霊山寺に行っていたそうなんですよ。本の著者は、あなたがはねた、安藤君恵さんを、あなたが、知らないはずはない。そう、断言して書いているんです」

「そんなこと、まったく知りませんでしたよ。知っていたら、刑事さんにも、お話ししていますよ。第一、僕が、四月四日に、徳島の霊山寺のそばで会った時は、三宅亜紀子さんは、一人だったんです。その安藤さんという人と、二人でいたんじゃないんですよ」

「本の著者によると、安藤君恵さんが、三宅亜紀子さんと同じ高校の、親友だということは、間違いないと書いています。また、安藤君恵さんも、身内に不幸があって、親友の三宅亜紀子さんと二人で、四月四日、巡礼の旅に出かけたことも間違いないと、書いているんです」

「だから、僕が、安藤君恵さんを、口封じのために、車ではねて殺したと、書いてあるのですか?」

「ええ、そう考えられると、著者は、書いていますね」

「そんなの、完全なでたらめですよ。僕が、安藤君恵さんという女性を、以前から、知っていたという証拠なんか、どこにも、ないんでしょう? 疑うなら、もう一度、僕のことを、徹底的に調べてください」

「細かいことを、お聞きしますが、事故のあった十二月十日の午後八時頃、何の用があって、車で出かけたんですか？」

「あの時期、家内が殺されたことで、僕は、精神的に、かなり参っていたんですよ。仕事もやる気にならなくて、こんなことだと、自分がダメになってしまう。そう思ったので、思い切って、外国に行ってみようと、考えたんですよ。それも、フランスやアメリカのような、誰もが行くところではなくて、シベリアに写真を、撮りに行こう。そう考えて、新宿《しんじゅく》にある、行きつけの、旅行代理店に、行ってみようと思って、車で、家を出たんですよ」

「それを、証明できますか？」

「そんなこと、できるはずが、ないじゃありませんか。交通係の刑事さんにも、僕は同じことをいった。あの刑事さんには、何とか分かって貰えたんですけどね」

「その旅行代理店ですが、何時まで、やっているんですか？」

「確か、午後十時までですよ。だから、間に合うと思って、あの時間に、車で出かけたんです。少しばかり焦っていたかも知れませんね。何といっても、あの事故は、全面的に、僕が悪いんです。安藤君恵さんが、横断歩道じゃないところを渡っていたという事実があっても、事故の原因は、僕の不注意です。非は、すべて僕にあります」

「念を押しますが、それ以前に、安藤君恵さんに会ったことは、ないんですね？」

「もちろん、ありませんよ」

「三宅亜紀子さんに、最近、会っていませんか？　三宅さんの行方が、分からないんですよ」

「まったく会っていません。僕が、会ったりしたら、証人に、圧力をかけているとか、証人を買収していると思われるに、決まっていますからね。だから、会わないようにしているんです」

「それでは、三宅亜紀子さんが、どこにいるかは、ご存じありませんね？」

「もちろん、知りませんよ。彼女が行方不明って、本当なんですか？」

「われわれも、探してみましたが、行方は分かりません」

「彼女が、行方不明になっているというのも、初耳ですよ。本当です。嘘なんかついていません。それに、僕は、家内が死んだことで参っているんです。その上、交通事故まで、起こしてしまって、生きているのが、面倒くさいとまで、思っているんですよ」

「いけませんね。殺人事件については、立派なアリバイが、あるんだから、何とか立ち直って、本来の仕事に、励んでくれたほうが、私たちには、ありがたいんですがね」

十津川は、相手を励ましながら、もう一度、テーブルの上に置かれた、例の本に目をやった。

4

十津川が車のところに戻ると、亀井が、

「これから、どうしますか？　大下楠夫に会いに行きますか？」

「いや、こちらから、わざわざ、会いに行かなくても、そのうち、向こうから、連絡を取ってくるさ」

十津川は、落ち着いた声で、いった。

十津川がいった通り、捜査本部に戻ると、待っていたように、大下楠夫から電話が入った。

「僕の本、もう、読んでいただけましたか？」

大下が、いきなり、聞く。

十津川は、苦笑しながら、

「一応、拝読しましたが、よくあれだけ、自信を持って、書けましたね。下手をすれば、名誉毀損で、訴えられるんじゃありませんか？」

「それは、覚悟の上です。僕としては、明確な犯人が、逮捕されずに、のうのうとしているのが許せないんですよ。それで、一度、会っていただけませんか？」

「あの本を出したあとも、僕は、ずっと、小笠原徹について、調査を続けています。彼が犯人であるという新証拠も、いくつか発見しました。できれば、それを警察に提供したい。どうですか、僕は、小笠原徹が、犯人だという証拠をつかんでいますからね。それを、一カ月後に、また、本に書いて出版します。そうなると、警察は、まずいことになるんじゃありませんか？」

脅かすように、大下が、いった。

「いいでしょう。こちらに来ていただけるのなら、お会いしますよ」

「ありがたい。では、今すぐ、そちらに、行きます」

それから、三十分もしないうちに、大下楠夫が、捜査本部を、訪ねてきた。

大下が十津川に、会うなり、いう。

「警察は、この殺人事件について、動機は、何だと、思われているんですか？」

十津川は、笑って、

「会って、どうするんです？」

「犯人が誰かによって、違ってくるでしょうね。あなたは、夫の小笠原徹が犯人だと思っているから、妻の浮気に対する小笠原の嫉妬だと、書いていますね」

「最初は、そんな単純な動機だと思っていたんだが、調べていくうちに、ほかにも動機があることが、分かりました」

「どんな動機ですか？」

「今、小笠原が、一人で住んでいる、世田谷区等々力の、豪邸ですがね。元々、亡くなった、笠原由紀さんが、親から譲られた土地だったんですよ。そこに、彼女の金で家を建てた。だから、土地も家も、名義は、奥さんに、なっているんです。そのあと、ヘアヌード写真集が、爆発的に売れたので、大改造をして、あんな豪邸に、なったんですよ。改造後も、すべて、奥さんの名義になっています。だから、もし、別れるようなことになったら、下手をすると、小笠原徹は、一文無しで、放り出されてしまう。だから、小笠原は、妻の笠原由紀の、気が変わらないうちに、彼女を殺してしまったんです。彼女が死ねば、必然的に、土地も家も、夫である、小笠原のものに、なりますからね。だから、嫉妬と欲の両方で、小笠原は、妻の笠原由紀を殺したんですよ」

「しかし、それだけの理由で、夫が、妻を殺すとは、限らないでしょう」

「もう一つ、今、僕が探しているのは、遺言書です」

「遺言書？　死んだ笠原由紀が、書いた遺言書ですか？」

「そうですよ。僕は、それがどこかにあるはずだ。いや、あったと、確信しているんです」

「つまり、遺言書には、自分が死んでも、土地も家も、夫には、渡さない。そんなふうに、書いた遺言書があったから、そのことも、殺人の動機になっているといいたいわけですか?」

「僕は、必ず、遺言書を見つけますよ。実物は、夫の小笠原が、焼いてしまったでしょうが、遺言書を作る時立ち会った弁護士がいるはずです。その弁護士を見つけ出して、動機の面から、小笠原徹を、徹底的にしめ上げてみせますよ」

大下楠夫は、自信満々に、いった。

第二章　金比羅さん

1

「小笠原の動きが、少しばかり変です」

西本《にしもと》が、十津川に、報告した。

「どう変なんだ？」

「昨日の午後、小笠原が、一人で取引銀行に行ったことが分かったので、それとなく、支店長に話を聞いてみたのですが、小笠原は、何でも、昨日、五千万円の小切手を、作らせたそうです」

「五千万円か。大金だな」

「そうです。大金です」

「五千万円の小切手を、小笠原は、いったい、何に、使うつもりなのだろう？」

「その点については、これから、日下《くさか》刑事と二人で、小笠原の周辺を、調べてみたいと思っています」

西本は、落ち着いて、いい、日下刑事と二人、捜査本部を出ていった。

その日の夕方になって、二人が、戻ってきて、十津川に報告した。

「小笠原の周辺で、訊《き》き込みをやってみたのですが、彼が今、差しあたって、五千万円もの大金を、必要とするようなことは、考えられないと、小笠原を知る人間は、みな、口を揃《そろ》えて、いっています。小笠原が、自費で、写真集を作るというような話も、聞いていないといっていますし、彼が、サラ金などに、借金をしているという話も、聞いていないと、いっています」

「小笠原徹の財産は、現在、どのくらい、あるんだ?」

亀井が、聞く。

「取引銀行には、一億五千万円の定期預金があります。二億円の預金があったところから、五千万円を小切手にしたというわけです。現在の自宅は、抵当に入っていませんし、場所がいいので、土地だけでも、三億円はするだろうと、地元の不動産屋は、話しています」

「今、小笠原は、自宅にいて、出かける様子はないのか?」

「ありません」

「しばらく、小笠原の行動を監視する必要があるな」

十津川は、自分にいい聞かせるように、いった。

今でも、十津川は、小笠原徹を、妻殺しの犯人だとは、思っていない。

しかし、五千万円の、小切手の話を聞くと、少しばかり、その確信が、ぐらついてくるのだ。

翌日、交替で、小笠原徹の監視に当たっていた三田村《みたむら》刑事が、あわただしく、連絡してきた。

「ただ今、小笠原が、自分の車、ジャガーを運転して、自宅を、出ていきます。私と、北条《ほうじょう》刑事が、尾行します」

事故を起こしたポルシェから、ジャガーに乗り換えたのだろう。

十津川は、自分の腕時計に、目をやった。現在、午前九時四十分。

車で、小笠原は、どこに行くつもりなのだろうか？

「注意深く、尾行してくれ。くれぐれも、気づかれるなよ」

十津川は、三田村と北条早苗《さなえ》の二人に、いった。

次の報告で、三田村が、小笠原の運転するダークグリーンの、ジャガーが、東名《とうめい》高速に入ったと、知らせてきた。

四十分後、小笠原の車は、海老名《えびな》サービスエリアを、通過。

十津川は、捜査本部の壁に貼られた、日本地図に、目をやった。

「小笠原は、いったい、どこへ、行くつもりかな?」

「昨年の四月四日、小笠原の奥さんが、殺された時、彼のアリバイは、その日に、鳴門の渦潮の写真を撮りに、四国に行っていたというものです。たまたま、四国八十八カ所巡りの、第一番札所、霊山寺の近くで、小笠原は、お遍路の格好をして、これから出発しようとしていた三宅亜紀子に会って話をし、写真に撮った。この二つが、彼のアリバイです。それを確認するために、もう一度、四国に、行こうとしているんじゃないでしょうか?」

亀井も、地図を見ながら、十津川に、いった。

その日の、午後五時過ぎに、小笠原は、京都に着いた。

尾行していた、三田村と北条早苗の二人から、連絡が入る。

「どうやら、小笠原は、今夜は京都で泊まるつもりのようです。京都市内のホテルにチェックインし、夕食も摂《と》っていますから」

「小笠原の様子は、どうだ?」

「途中の、サービスエリアで、昼食を、摂りましたが、その時、どこかに、携帯をかけて、話をしていました。現在、このホテルの、レストランにいますが、食後のコーヒーを、飲みながら、またどこかに、携帯をかけています。笑顔はありませんね。緊張している感じです」

北条早苗刑事が、十津川に、答えた。

「途中で誰かに会ったということは、なかったかね？」

「それはありませんでした。このホテルでも、誰かに会うような気配は、今のところありません」

「しかし、夜遅くなってから、ホテルで、誰かに会うかも知れないから、引き続き、注意深く監視しておいてくれ」

十津川は、念を押した。

翌日、小笠原は、ホテルでバイキングスタイルの朝食を済ませると、午前十時少し前に、ホテルを出発した。

三田村と北条早苗の二人が、覆面パトカーで小笠原の車を尾行する。

神戸《こうべ》市内に入ったところで、小笠原は、ガソリンを給油し、淡路島《あわじしま》に向かう模様になってきた。

「どうやら、このまま行きますと、明石《あかし》海峡大橋を通って、淡路島を縦断し、四国に入る感じです」

三田村が、報告してくる。

「やはり、小笠原の行き先は、四国かも知れません」

亀井が、指で、地図を追いながら、十津川に、いった。

「そうらしいが、今、四国に行く理由が分からないね」

「小笠原のアリバイを、証明している三宅亜紀子が、現在、行方不明です。想像をたくましくすると、彼女が、現在、四国の鳴門あたりにいて、小笠原に、電話をかけ、五千万円持ってこいと、指示したのかも知れません」

「確かに、そういうこともありうるがね。カメさんの想像が当たっているとすると、ちょっとばかり、厄介なことに、なってくるな」

「確かに、そうですね。もし、こちらの悪い想像が当たっているとなると、自然に、小笠原の容疑が、濃くなってきますから」

小笠原の車は、予想通り、淡路島へとつながる、明石海峡大橋を渡っていく。尾行する三田村と北条早苗の覆面パトカーも、明石海峡大橋に入っていく。

2

小笠原のジャガーは、明石海峡大橋を渡り終わると、すぐ、淡路サービスエリアに入り、大観覧車のある公園に、向かった。

天気がいいので、公園には、たくさんの人出があった。

小笠原は、駐車場に、車を入れると、携帯を片手に、車から、降りてきた。

二人の刑事が、じっと、それを注視する。

公園からは、今渡ってきた、明石海峡大橋が間近に見え、海峡をはさんで、明石の街や神戸の港が、かすんで見えた。公園の掲示板には、大橋が、ライトアップされる時間帯が、書いてある。

小笠原は、まっすぐ、大観覧車のほうに歩いていき、列に並んだ。

大観覧車に乗るつもりらしい。

「また、携帯をかけている」

三田村が、小声で、早苗に、いった。

「あの大観覧車に、乗るのも、誰かの指示かしら？」

順番が来て、小笠原が、大観覧車のボックスに乗り込むのが見えた。一人で乗っている。

三田村と北条早苗の二人は、少し離れた場所から大観覧車を、見守った。

小笠原の乗っているボックスが、少しずつ、上がっていくのが見えた。

ボックスの中でも、小笠原は、相変わらず携帯をかけ続けている。

早苗も、携帯を取り出して、東京の十津川にかけた。

「明石海峡大橋を渡り終わって、淡路島に入っています。サービスエリアの公園に、大きな観覧車があるのですが、小笠原は、それに、乗っています。ボックスの中でも、小笠原は、依然として、携帯をかけ続けていますから、彼が車でここまで来たのは、誰かの指示である可能性が、強くなりました」

「小笠原は、相変わらず、誰にも会わずか？」

十津川が、聞く。

「はい、今のところ、まだ誰にも会っていません。観覧車にも、一人で乗っています。間もなく、彼の乗ったボックスが、頂点に達するのですが、それでもまだ、誰かと、携帯で話をしている様子です」

早苗が、説明する。

やがて、小笠原が、大観覧車から降りてきた。

今度も、どこにも寄らずに、駐車場の、自分の車のところに歩いていった。

小笠原のジャガーは、淡路島を縦断すると、大鳴門橋《おおなるときょう》を渡った。尾行する三田村と北条早苗の車も、大鳴門橋を通過した。

「眼下に、鳴門の渦潮が見えます」

北条早苗が、少しばかり、興奮した口調で、報告してきた。

「小笠原は、四国で、証人の三宅亜紀子に会う可能性がある。十分に注意してくれ」

と、十津川が、いった。

ジャガーは、渦潮を見下ろせる千畳敷《せんじょうじき》の、展望台の近くを通り抜け、四国八十八カ所霊場の第一番札所、霊山寺に、向かっている。

四月四日、妻の美由紀が殺された時の、アリバイの一つとして、第一番札所、霊山寺近くで出会ったお遍路の一人、三宅亜紀子の、証言があった。

「霊山寺に行って、何をするつもりなのかな？」

尾行を、続けながら、三田村は、首をひねっている。

「また霊山寺で、三宅亜紀子に、会うつもりなのかも知れないわ」

「ということは、彼女が、小笠原を脅かして、五千万円の小切手を持ってこさせたということか？」

「ええ、その可能性もあるわね」

小笠原は、霊山寺近くの、駐車場に車を入れると、降りてきた。

しかし、三田村と、北条早苗が見る限り、三宅亜紀子の姿は、どこにもない。

「誰かを探しているような、そんな様子は、まったくないね」

三田村が、拍子抜けした顔で、早苗に、いった。

小笠原は、すぐには、霊山寺の山門をくぐろうとはせず、近くにある、お遍路の装束や、必要なものを、売っている店に入っていった。

三田村たちは、用心深く、少し離れた場所から、小笠原の様子を、うかがった。

お遍路の多くが、この第一番札所、霊山寺の、門前にあるこの店に入り、お遍路の装束や、必要な物を、買っていくらしく、店の中は、かなり混んでいる。

小笠原も、その店で、何か買っているらしい。

やがて、買ったものを、袋に入れ、金剛杖《こんごうづえ》を突いて、小笠原は、店から出てきた。

そんな小笠原を見て、三田村が、

「まさか、お遍路の真似をするんじゃないだろうな?」

「ひょっとすると、本当に、お遍路さんになるつもりなのかも、知れないわよ」

二人が、そんな会話を交わしている間に、小笠原は、車の中で着替えを始めた。
十二、三分して、車から、降りてきた小笠原を見ると、見事に、お遍路姿に、変身していた。白い装束をつけ、経文やロウソク、線香などを入れた袋を、肩にかけ、菅笠《すげがさ》を被《かぶ》り、金剛杖を持っている。
「驚いたね。君の想像が当たったよ」

三田村は、感心したように、早苗に、いった。

着替えを済ませた小笠原は、車に鍵をかけると、お遍路姿で、霊山寺の山門をくぐっていった。

「どうする?」

と、早苗が、聞く。

「俺が、小笠原を尾行するから、君は、さっきの店に行って、お遍路の衣装や、必要なものを買って、お遍路に、化けてくれ」

三田村刑事が、山門を、入っていくのを見届けてから、早苗は、さっきの店に入っていった。

ここでは、お遍路に、必要なものは、すべて揃っていた。

値段は、まちまちだった。数珠も、お遍路には、欠かせない必需品だが、千円ぐらいのものもあれば、何万円という値段がついているものもあった。

早苗は、取りあえず、白装束、菅笠、金剛杖と、ロウソク、線香などや、それらを入れる小型バッグを買ってから、店の奥で、着替えさせて貰った。

お遍路姿になった早苗は、山門をくぐりながら、十津川に携帯をかけた。

「今、第一番札所の、霊山寺に来ていますが、小笠原は、ここで、菅笠や、金剛杖などの、お遍路の必需品を買い揃え、白装束に着替え、見事な、お遍路姿になって、寺に入っていきました」

「彼は、なぜ、そんな格好に、なったんだ？」

「理由は、分かりません。もし、ここで、行方不明の三宅亜紀子に、会うとすれば、彼女も、お遍路姿になっていると、思います。このあたりには、お遍路さんがたくさんいますから、目立たずに、接触できるんじゃありませんか？」

「その三宅亜紀子は、霊山寺周辺に、いる感じかね？」

「まだ見つかりませんが、小笠原の様子を、見ている限りでは、彼女を、探しているようには、見えません」

早苗は、そう伝えて、いったん携帯を切ると、今度は、三田村の携帯に、かけた。

「今、どこ？」

と、聞くと、

「今、本堂に上がっている」

「小笠原は、何をしているの？」

「それがさ、驚いたことに、神妙な顔で、お経を唱えているよ」

「お経？」

「ああ、そうだ。俺は、般若心経《はんにゃしんぎょう》なんか、まったく知らないから、小笠原が、正確に、お経を唱えているかどうかは、分からないがね」

「私もすぐ、本堂に上がるわ」

早苗が、急いで、本堂への石段を登っていくと、三田村のほうから近づいてきて、

「交替してくれ。この格好じゃ、小笠原のそばには、寄れないから」

三田村に代わって、お遍路姿の、早苗が、小笠原のそばまで、近づいていった。

なるほど、お経らしきものを、熱心に唱えている。

小笠原は、本堂での、お経を済ませると、大師堂に向かい、そこでも、何か、祈りを捧《ささ》げていた。

そのあと、小笠原は、普通の、お遍路がするように、納経所で、朱印と墨書を貰って
から、駐車場に、停《と》めてある、自分の車のところに戻っていった。

白装束のまま、運転席に腰を下ろすと、車をスタートさせる。

二人の刑事も、尾行するために、また車のアクセルを踏んだ。

3

「小笠原の車が、今、第一番札所、霊山寺を出発しました。彼は、お遍路姿のまま、車を運転しています」

「これから、どうするつもりかね？　第二番札所に行くんだろうか？」

「分かりません。普通に考えれば、車を運転しながら、各寺を、回っていくものと、思われますが」

と、いってから、早苗は、助手席で、地図を開き、

「どうも、小笠原の車は、第二番札所の、極楽寺《ごくらくじ》には、向かっていませんね。海沿いの道を、高松《たかまつ》方面に、向かっているように、思えます」

「確かに、第二番札所に、行くのに、海沿いの道を選ぶのは、おかしいね」

「小笠原の車が、徳島県から、香川県に入りました。どこに、向かっているのか、今のところ、分かりません」

それから、しばらくして、

「今、善通寺《ぜんつうじ》に来ています」

と、早苗が、十津川に、知らせた。

「善通寺というと、四国八十八カ所の寺の中に、入っているはずだな？」

「第七十五番札所ですが、弘法大師《こうぼうだいし》は、ここで、生まれたといわれています。それだけに、お遍路さんが、かなりたくさん来ていますね」

「小笠原は、どうしている？」

「今、車を降りて、お遍路の格好のまま、山門を、くぐっていきました。私も、お遍路の格好を、しているので、小笠原のあとを追って、善通寺にお参りして来ます」

早苗は、ゆっくりと、参道を歩きながら、自分の目の前を、歩いている小笠原を、見つめていた。

この寺は、弘法大師の生誕の寺で、真言宗《しんごんしゅう》善通寺派の、総本山である。それだけに、境内も広く、集まっている、お遍路の姿も多い。

小笠原は、第一番札所、霊山寺の時と同じように、まず、本堂に上がって、お経を唱え、次に大師堂のほうに移って、ここでも、お経を上げている。

広い境内の塀に沿って、一体百万円と書かれた寄進された仏像が、ズラリと並んでいた。ザッと数えただけでも、百体は超えているだろう。それは、信心の強さの表れなのか。

大師堂での参拝を、済ませた小笠原は、カメラを取り出すと、ズラリと並んでいる仏像を、写真に、撮り始めた。フリーのカメラマンなのだから、この善通寺の景色を、写真に撮っても別におかしくはないのだが、早苗の目には、何となく不自然に見えた。

誰かに、指示をされて、この善通寺で、参拝をしたり、カメラを、取り出して、写真を撮っているのか、それとも、自分の意思でそうしているのか、早苗は、知りたいのだが。

善通寺を出た小笠原は、車に戻って、また出発した。

小笠原が、向かったのは、ＪＲの琴平《ことひら》駅だった。ここには、もう一つ、高松琴平電鉄の琴電琴平駅がある。

ＪＲの琴平駅の近くで、小笠原は、讃岐《さぬき》うどんと、書かれた店に入っていった。

車には、三田村が残り、お遍路姿の早苗が、一人で、そのうどん屋に、入っていった。

早苗は、店の奥で、反対側のテーブルに座っている、小笠原に目をやりながら、うどんを注文した。

早苗が注文したのは、素うどんで、それにネギを入れ、醬油《しょうゆ》をかけただけで食べる。さすがに、名物といわれるだけあって、これが、やたらに旨《うま》い。

うどんを食べ終わった小笠原は、また、携帯を、取り出して、どこかに、かけている。声は聞こえてこない。

ただ、しきりに、何かうなずいているようだった。

すでに、午後六時を過ぎている。このままいけば、この琴平で、一泊することになるだろう。

早苗が、そんなことを、考えていると、小笠原は、携帯をしまって、店を出ていった。

4

十津川は、大下楠夫の行動も、注目していた。小笠原徹が動けば、当然、彼を殺人犯として告発している大下楠夫も、動くはずだからである。

彼のほうは、田中《たなか》と片山《かたやま》の二人の刑事に、監視させている。

大下楠夫の事務所は、四ツ谷《よつや》駅の近くにあった。雑居ビルの、七階にある事務所で、大下は、私立探偵などを使って、資料を集めては、それを、本にしている。

田中刑事からの、十津川への報告は、次の通りだった。

「大下自身は、動かずに、今も四谷の事務所で、仕事をしています。ただ、何人もの、私立探偵を使って、何かを、盛んに、調べさせているようです」

「何を調べているんだ？」

「警部は、橋本豊《はしもとゆたか》を覚えていますか？」

「ああ、覚えている。昔、捜査一課にいた刑事で、今は退職して、私立探偵を、やっているはずだ」

「彼に昨日、会いましたが、こういっていました。二日前に、大下楠夫の事務所に、雇われた。全員で五人の私立探偵が集められて、大下から、ある男のスキャンダルについて、調べて欲しい、それがうまくいったら、成功報酬を払う。そういわれたそうです」

「ある男のスキャンダル、大下は、そういったのか？」

「そうです。ついさっき、橋本から、電話がありまして、今、四国にいるというんです。四国で何をしているんだと、聞いたところ、大下楠夫の指示で、ほかの四人の、私立探偵と一緒に、なぜか、白装束のお遍路の、格好をさせられ、鳴門から、高松まで、来ている。小笠原徹という男が、四国に来ているので、彼のことを、監視し、どんな行動を取るか、誰と会うかを、確認し、それを写真に、撮って欲しい。そういわれたそうです。監視する相手の名前は、四国に来る前に、教えられたが、今もいったように、小笠原徹という、カメラマンだと、教えられたそうです。橋本は、その小笠原徹なら、今、妻殺しの疑いがかかっている男じゃないかと、思ったそうです」

「そうか。自分では、動かず、私立探偵を、五人雇って、小笠原を監視させているのか」

「しかし、雇った私立探偵全員に、お遍路の格好を、させているそうですから、五人の探偵が、今、どこにいるのか、探すのは、大変だと思います」

「今、三田村と北条早苗の二人が、小笠原を追って、四国に行っている。北条刑事は、お遍路の姿で、小笠原の尾行を続けているのだが、そのことを、橋本に伝えてくれないか？」

「すでに、知らせました。三田村と北条早苗の二人の携帯の番号を、橋本に、教えてあります」

と、田中が、いった。

「その私立探偵の報告いかんでは、大下楠夫も、四国に行くかも知れんから、引き続いて、彼の監視をやっていてくれ」

十津川は、指示を出した。

橋本豊から、今度は、捜査本部にいる十津川に、電話が入った。

「田中刑事に、聞いたのですが、警部は、笠原由紀こと、小笠原美由紀が殺された事件を、捜査されているそうですね？」

「その通り、この殺人事件の、捜査を、担当している」

「警部も、夫の小笠原徹が、怪しいと思っていらっしゃるんですか？」

「いや、小笠原には、ちゃんとしたアリバイがある。私は、空き巣に入った犯人が、留守番をしていた、小笠原美由紀に見つかってしまい、強盗に早変わりして、殺した。そう思っているんだがね」

「しかし、ノンフィクション・ライターの大下楠夫は、夫の小笠原徹が、犯人だと決めつけていますね。それを、証明しようとして、私を含めた五人の私立探偵が、雇われて、四国に来ているんです。問題の小笠原徹が、四国に来ていますから、彼の監視を、命じられています」

「君のことは、田中刑事から、電話で聞いたよ。君たちを雇った大下楠夫という男を、どう、思うね？」

　と、十津川が、聞いた。

「自信満々に、見えましたね。あの男は、事件の真犯人は、夫の小笠原だと、確信していますよ。ただ、証拠が、揃っていないので、それを、私たちに、見つけさせようとしている感じでした」

「四国へ行く理由を、何か、いっていたかね？」

「小笠原徹の顔写真を、五人の私立探偵、全員に渡しましてね。大下は、こういっていました。小笠原徹が、急に四国に、行く気になったのは、偽装のアリバイが、崩れそうになっているので、それを、補強するために違いない。彼が、四国で誰と会うか、それを、調べて欲しい。おそらく、大金を渡して、自分のために、アリバイ証言をしてくれと、頼むに違いないから、できれば、相手に金を渡す現場を、写真に撮って欲しい。それがうまくいけば、成功報酬として、全員に百万円ずつ払う。大下は、そういっていました」

「大下は、小笠原徹が、四国で会おうとしている相手の、名前をいっていたかね？」

「大下は、こういっていましたよ。小笠原徹が、何のために、誰に会いに、四国に行くのかは分からないが、これまで、小笠原が、重要なアリバイとしているのは、四月四日の事件の日に、四国八十八カ所の、第一番札所、霊山寺近くで会った、三宅亜紀子という女性の証言だ。もし、誰かに、会うとすれば、その、三宅亜紀子かも知れない。彼女に大金を渡して、自分について、警察に聞かれたら、再度、アリバイを証言して欲しい。それを、約束させるために、四国に行ったに違いない。大下は、そう、いいましてね。

「三宅亜紀子の写真も、私たち五人に、渡したんです」

三宅亜紀子は、現在、行方不明になっていて、われわれも、探しているんだ。そのことも、大下は、君たちに話したかね？」

「ええ、いいました。しかし、大下は、こうも、いっているんです。三宅亜紀子を隠したのは、小笠原に、決まっている。三宅亜紀子は、四国八十八カ所の、巡礼をやりたいと思って、第一番札所、霊山寺に、いたと思われる。小笠原徹は、彼女に、大金を渡して、これで、ゆっくり、四国八十八カ所の巡礼をやりませんかと、そういって、お遍路に行かせたのではないかと思っている。巡礼姿で、ゆっくり、歩いていれば、なかなか、見つけられないからね。しかし、小笠原は、私の本が出たりして、少しずつ自分に不利になっていくので、ここで三宅亜紀子に会って、もう一度、大金を渡して、念を押しておこうと考えて、四国に渡ったのではないか、というんです」

「しかし、小笠原は、四国で、まだ三宅亜紀子に、会っていないんだろう？」

「ええ、会っていません。東京を出発してからの小笠原を、私たち五人で、監視していましたから、間違いありません。しかし、第一番札所の霊山寺で、白装束を含めて、金剛杖などを買い求め、お遍路の姿をして、まず、霊山寺に参詣、次に、なぜか、第七十五番札所の善通寺に来ています。そのあと、琴平に来て、讃岐うどんを食べていますが、もう夕方ですから、この琴平で、泊まるのだと思います」

「それは、三田村と北条早苗の二人の刑事も、確認しているんだ」

「さっき、その二人にも、携帯をかけて、連絡を取りました。少し驚いていましたね。もし、小笠原が、四国のどこかで、三宅亜紀子に会ったら、小笠原の容疑が、濃くなってしまうので、困ったことになる。三田村刑事は、そんなことも、いっていました」

「そんなことはないよ。われわれの、知りたいのは、真実だからね。証拠が出て、小笠原が真犯人となったら、彼を逮捕するつもりだ。だから、君も、三田村刑事と北条早苗刑事の捜査の邪魔はしないで欲しい。それだけは、しっかりといっておくよ」

そう、釘《くぎ》を刺して、十津川は、電話を切った。

「少しばかり、小笠原の旗色が、悪くなってきましたね」

亀井刑事が、自分で入れたインスタントコーヒーを、十津川にも勧めながら、そんなことをいった。

「確かに、雲行きが、怪しくなってきたね。もし、三宅亜紀子が、四国にいて、彼女に、小笠原徹が、わざわざ、会いに行き、五千万円の小切手を、渡したとすれば、彼女の証言は、信頼性が、なくなってしまう」

「そうなったら、やはり、小笠原を逮捕しますか？」

「いや、殺人の直接証拠というわけじゃないから、まだ逮捕するわけにはいかないが、当然、身柄を確保して、いろいろと、訊問《じんもん》しなくてはならなくなるだろうね」

と、十津川は、いった。

今夜、小笠原徹は、琴平町の、旅館に泊まるようだから、おそらく、明日まで、何事も起きないだろう。

近くの日本旅館に入った、三田村と北条早苗は、食堂に、歌舞伎興行の、ポスターが、貼ってあるのに気がついた。

そういえば、琴電琴平駅近くで、歌舞伎役者の名前を、書いたのぼりが、風に、はためいていたのを、二人は、思い出した。

「確か、この琴平には、現存する日本最古の芝居小屋が、あったんだ。前に、何かで、読んだことを思い出したよ」

三田村が、いった。

「私も思い出した。一回でいいから、その芝居小屋で、歌舞伎を、観《み》たいと思っていたの」

早苗も、ポスターを見ている。

一八三五年に建てられた、歌舞伎小屋、金丸座《かなまるざ》が、この琴平にあって、最近は、毎年春になると、著名な歌舞伎役者が、集まり、ここで二週間ほどの興行を打つと、聞いていた。

その金丸座は、今では、国の重要文化財になっている。当時のままの、瓦葺《かわらぶき》の屋根や、花道、人力による、回り舞台など、すべて建造当時の構造で、昔は、金比羅《こんぴら》さんに、お参りする人たちが、この金丸座で歌舞伎を観て、楽しんだに違いなかった。

それを、復活させて、今は、正式には、四国こんぴら歌舞伎大芝居と、銘打っている。

ポスターには、興行は、二日前から、始まっているとあった。

「小笠原徹も、この、金比羅歌舞伎が、今、興行されているのを、知っていて、この琴平に、来たのだろうか？」

三田村が、華やかなポスターを、見ながら、いった。

「小笠原は、フリーのカメラマンで、日頃から日本各地の景色を、撮っているから、当然、四国こんぴら歌舞伎大芝居のことは、知っていると、思うわ」

「そうだとすると、この芝居小屋で、誰かに、会うつもりなのかも知れないな。そのために、鳴門から、この琴平まで、やって来たんじゃないのかな？」

「歌舞伎の切符は、簡単に、取れるのかしら？」

早苗は、旅館の女将《おかみ》さんに、聞いてみた。

「毎年大変な人気なので、切符は、なかなか取れないんですよ」

と、女将さんが、いった。

「どうしても観たいというお客さんが、いたら、どうするんですか？　何とか、都合をつけるんですか？」

と、三田村が、聞いた。

「琴平の旅館は、みなさん金比羅歌舞伎のファンで、後援者ですからね。何枚か切符を、貰えますけど、いきなり、明日観たいといわれると、一枚しか用意できません」

と、女将さんが、いった。

「その一枚、ぜひ、私たちに、買わせていただけませんか？　どうしても、明日、金比羅歌舞伎が、観たいんです」

早苗が、拝み倒し、宿の女将さんから、その一枚を譲って貰うことができた。

もちろん、金比羅歌舞伎を、観たいことは観たいが、それが、すべての目的ではなかった。あくまでも、東京から、ここに来ている、小笠原徹の監視と尾行が、目的だった。

もし、小笠原が、金比羅歌舞伎を観るために、金丸座に、入らなければ、三田村も早苗も、歌舞伎を観たりはしない。あくまでも万一の場合である。

もし、小笠原が、前もって、明日の金丸座の切符を、持っていて、小屋の中で、誰かと会うとしたら、三田村と、北条早苗のどちらかが、金丸座に、入っていかなければならない。そのために買った切符だった。

夜半近くなって、橋本豊から、電話が入った。早苗が出た。

「ほかの仲間が、全員寝入ったので、その隙に、電話しています」

「何か、そちらで、新しい動きが、あったんですか？」

「いや、大した動きでは、ないんですが、少しばかり、気になることがありましてね。それをお知らせしておいたほうが、いいんじゃないかと思ったものですから。この琴平には、現存する日本最古の、芝居小屋があるんです。金丸座というのですが、そこで、二日前から、金比羅歌舞伎が、上演されています」

「そのことは知っていますわ。今、私と三田村刑事が、泊まっている旅館にも、その金比羅歌舞伎のポスターが、貼ってありましたからね。その歌舞伎が、どうかしたのですか？」

「私たちのボス、大下楠夫から、電話が入りましてね。小笠原徹は、学生時代から、歌舞伎の大ファンだということなんですよ。だから、琴平に、行ったとすると、日本最古の、芝居小屋で、演じられる金比羅歌舞伎を観るかも知れない。もし、小笠原が入った時には、誰か一人でいいから、一緒に、芝居小屋に入れ。そういう命令が、あったのです。その切符が、なかなか取れなくて、やっと一枚だけ、取れました」

「それで、明日、小笠原が金丸座に入ることになったら、橋本さんが尾行して、入ることに、なったんですか？」

「いや、私はダメでした。近藤《こんどう》という私立探偵が、入ることに、なっています」

「小笠原徹という人は、本当に、歌舞伎が好きなんですか？」

「そうらしいですよ。それで、電話したんですが」

「私も、今泊まっている、旅館の女将さんが、明日の金丸座の切符を、一枚だけ用意してくれたんですよ。万一、小笠原徹が芝居小屋に、入ったら、私か、三田村刑事が、中に、入ることになっています」

「それなら、安心ですね。よかった。ちょっと心配だったものですから」

橋本が、いって、電話を切った。

早苗はすぐ、今の電話のことを、三田村に話した。

「なるほどね」

と、三田村は、うなずいてから、

「大下楠夫も、金比羅歌舞伎のことを、気にしているんだ」

「でも、笑っちゃうの。向こうも、切符が一枚しか、手に入らなくて、万一の時には、一人だけ、その切符を使って、金丸座に入ると、いっていたわ」

「向こうは、橋本が入るのかな？」

「いえ、橋本さんはダメで、近藤という仲間の私立探偵が、その切符を使うらしいわ」

5

翌日も、昨日と同じように、三田村と北条早苗は、小笠原の尾行を開始した。

小笠原はなぜか、今日も、お遍路の格好をしている。

金比羅さんは、お寺ではなく、神社である。だから、もちろん、四国八十八カ所巡りのお遍路さんの、立ち寄るところではない。

しかし、小笠原の、お遍路姿が、まったく違和感がないのは、近くに、弘法大師の生誕の地といわれる真言宗善通寺派の総本山、善通寺があり、お遍路姿の人々が、三々五々、歩き回っているからだ。小笠原が、お遍路姿をしていても、おかしく感じないのだろう。

小笠原は、そんな、お遍路姿のまま、まっすぐ金比羅歌舞伎が催されている金丸座に向かって、歩いていった。

切符は、前もって、用意してあったらしく、木戸を通って、中に入っていった。

尾行している二人だが、今日の切符は一枚しかないので、三田村が、続いて、中に入っていった。後には、北条早苗が残された。

早苗が、十津川に、連絡を取ろうと思って、携帯を取り出した時、ふいに橋本が現れて、

「北条さんも、クジに外れたのですか?」

早苗は、橋本の問いには、答えず、

「昨日は、電話ありがとうございました」

と、まずは礼をいってから、

「あなたのお仲間は、もう中に入ったの?」

「ええ、入りました」

「あなたたちを、雇った大下楠夫だけど、どうして、そんなに、熱心に、小笠原徹のこ

とを、調べているのかしら？」

「私には分かりません。私は、金で雇われる私立探偵で、大下楠夫に使われている人間に過ぎませんから」

「橋本さんは、大下楠夫に、会ったんでしょう？」

「ええ、会いましたよ。彼は、雇った私立探偵の一人一人に、直接会って話をし、どんな人間かを、確かめているようなところが、ありましたね」

「ということは、橋本さんは、大下楠夫のお眼鏡に適《かな》ったわけ？」

「さあ、それは、どうでしょうかね」

と、橋本が、笑った。

早苗は、橋本から少し離れた場所に移り、十津川に、携帯をかけた。

「今、こちらでは金比羅歌舞伎を、金丸座という、古い芝居小屋でやっているのですが、小笠原徹が、一人でそこに入っていきました。私と三田村刑事の二人で、中に入っていこうと思ったのですけど、人気のある歌舞伎なので、どうしても切符が一枚しか手に入らず、三田村刑事が、一人で入っていきました。私は、しばらくの間、芝居小屋の外で、小笠原が、出てくるまで待っているつもりです」

「小笠原は、何をしに、その金丸座に、入ったんだ？　ただ単に、歌舞伎を観たいからじゃあるまい？」

「この芝居小屋の中で、誰かに、会うつもりなのかも知れません。小笠原は、昨日と同じく、今日も、お遍路の格好をしたままで、小屋に、入っていきましたから」

「お遍路の格好をしたままか？」

「そうです。もしかすると、それを、目印に、しているのかも知れません。この金比羅さんは、神社で、もちろん、四国八十八カ所の寺のなかには、入っていませんが、この近くに善通寺があって、お遍路さんがいっぱい、いますから、自然だし、また逆に、目立つと思うのです」

「そうか、やはり、目印か。あとで、小屋の中で誰に会ったのか、三田村刑事に、聞いておいてくれ」

十津川が、そういった。

二時間経《た》ったが、小笠原も三田村刑事も、出てこなかった。その代わりに、三田村刑事から、早苗に、電話がかかってきた。

「座席から、かけるわけにはいかないんで、今ちょっと、トイレに来て、かけているんだ」

「小笠原徹は、どうしているの？　中で、誰かに会っている？」

「いや、誰にも、会っていない。一人で熱心に、歌舞伎を、観ているよ。今やっているのは、寺子屋だ」

「本当に、中で誰にも、会っていないの？」

「今のところは、誰にも、会っていないようだが、小笠原の近くに、三十代ぐらいの女が、座っているね。彼女も、なぜか、お遍路姿で、ここに、入ってきているんだ」

「その女性、三宅亜紀子じゃないのかしら？」

「かも知れないが、中は、かなり暗いし、それに、お遍路姿だからね。果たして、三宅亜紀子本人なのかどうかは、分からない。それから、二人は、話をしていないんだ」

「お遍路姿の女性は、小笠原徹のそばにいる、その人だけ？」

「いや、何人かいるね。ざっと見ても、五、六人は、いるんじゃないかな。おそらく、善通寺を参拝した帰りに、この芝居小屋に寄ったのだろう」

三田村からの携帯は、そこで、いったん切れて、三十分ぐらいしてから、また、かかってきた。

「小笠原のそばから、急に、女がいなくなったよ」

「今、私は、芝居小屋の前に、来ているんだけど、お遍路姿の女性が、五人ばかり、一緒に出てきたわ」

「一緒に？」

「ええ、皆さん、お遍路姿で、菅笠を被っているので、残念ながら顔は分からない」

「じゃあ、三宅亜紀子じゃなかったんだ。もし、彼女なら、グループで、ここに、来るわけはないからね。その女たちは、どっちに行った?」

「善通寺のほうに、歩いていったわ。小笠原徹は、まだ、その中にいるの?」

「ああ、いるよ。まだ熱心に、芝居を観ているよ」

午後五時過ぎに、小笠原が、やっと、金丸座から出てきた。

歌舞伎は、まだ、やっているはずだから、途中で、抜け出してきたことになる。

そのあとを追うように、三田村刑事も、外に出てきた。

そして、また、二人で、小笠原を尾行する。

小笠原は、まっすぐ、駐車場に置いてある自分の車のところまで、歩いていった。

今度は、今度は、車のリアシートで、お遍路の格好を、背広に着替えて、出てきた。

今度は、金比羅様に向かって、歩いていく。長い参道の両側には、讃岐うどんの店や、お土産などを、売っている店が並んでいる。

歩いていくと、金比羅さん名物の、籠を担ぐ人たちが、何人か、たむろしているところに、着いた。

紅白の紐《ひも》で吊《つる》した、簡単な籠である。

老人と女性の何人かが乗って、それを、両側から担いで、石段を登っていく。

小笠原は、籠が面白いのか、さすがにカメラマンだけあって、盛んにシャッターを切っていた。

金比羅さんの石段の長さは有名だが、途中の本宮までが七百八十五段、奥社まで行くと、千三百六十八段になる。

籠は、三百何十段かのところにある、大門《おおもん》までしか、行ってくれない。その先は、老人であれ子供であれ、自分の足で、石段を、歩いて登らなければならないのである。

小笠原は、大門のところまで、登っていって、そこで、籠から降りてくる老人や女性の写真を撮り始めた。

三田村と早苗は、石段の途中に立ち止まって、その上の、大門のところで、写真を、撮っている小笠原を見つめていた。これから、小笠原は、中腹の、本宮まで石段を登っていくのだろうか。

二人が、そう思っていた時、急に、小笠原は、石段を登るのを止め、大門から、脇へ逸《そ》れて、姿を消した。

三田村と北条早苗は慌てて、そのあとを、追った。

大門から、脇に入ると、ジグザグの急な坂道があった。

その途中まで、追いかけていった二人は、ふいに、小笠原の姿を、見失ってしまった。

ジグザグの下り坂のところに、タクシーの、小さな駐車場があった。大門駅という看板がかかっていて、小さな待合室があり、その壁に、タクシーを呼ぶ時に必要な、電話番号が書いてあった。

「タクシーで、消えたんだ」

と、三田村が、いった。

「ここにタクシーを、待たせておいて、それに乗って、姿を、消したんだよ」

「ひょっとすると、誰か、ほかの人間が、ここにタクシーを停めて、小笠原徹を待っていたのかも知れないわ。例えば、三宅亜紀子が」

と、北条早苗が、いった。

第三章　お　遍　路

1

尾行していた小笠原を見失ってしまった三田村と北条早苗の二人の刑事は、仕方なく、彼が車を停めておいた駐車場で、張り込むことにした。

しかし、夜になっても、小笠原は、車のところに、戻ってこなかった。

三田村たちは、いつ、小笠原が車に戻ってくるか分からないので、夜になってからも、ずっと、自分たちの車の中から、交替で、見張りを続けた。

夜が明け、午前九時を、少し過ぎた頃になって、やっと、小笠原が、車のところに、戻ってきた。

三田村は、交替で、眠っている、北条早苗を、慌てて叩《たた》き起こした。

小笠原は、車に乗り込むと、すぐ、スタートした。

三田村と北条早苗は尾行にかかる。助手席で、早苗が、十津川に、携帯をかけた。

「今、小笠原が、琴平駅近くの駐車場から、自分の車を、スタートさせました。これから尾行にかかります」

「小笠原は、昨夜は、とうとう、車に、戻ってこなかったのか？」

「三田村刑事と、交替で、朝まで、見張っていたのですが、戻ってきませんでした。どこに泊まったのか、誰に会っていたのか、残念ながら、分かりません」

「小笠原の様子は、どうだ？　何か変わったところがないか？」

「車に戻ってきた時、私が何枚か、写真を撮りました。そうですね、疲れたとか、悲しそうなという様子は、ありません。むしろ、嬉しそうに見えました」

「そうか、嬉しそうな、顔をしていたか」

「昨夜、誰かに、会ったのではないでしょうか？」

「小笠原は今、どっちへ、向かっているんだ？」

「現在、東に向かっています。鳴門の方向です」

「大下楠夫が雇った、五人の私立探偵がいたね。橋本たちだ。彼らが、どうしているか分かるか？」

「それも、分かりません。連中が、駐車場で、小笠原が、戻ってくるのを待っているような、気配は、ありませんでした」

「じゃあ、橋本たちも、小笠原を見失っていたんだな？」

「はい、そうだと、思います」

「だとすれば、普通の場合は、君たちと同じように、小笠原が、車を停めている駐車場で、彼が帰ってくるのを、待つものだが、どうして、彼らは、そう、しなかったのだろう？」

「それも、分かりません。おそらく、ボスの大下楠夫の指示を受けて、どこかに、向かったのか、東京に戻ったのではないかと思いますが」

小笠原は、鳴門から、この琴平に、通じる同じ道路を、今日は鳴門に向かって、引き返しているように見える。

その日の、昼過ぎに、小笠原の車は、鳴門市内に入った。

小笠原が、車を入れたのは、四国八十八カ所霊場巡りの、第一番札所、霊山寺の駐車場だった。

小笠原は、車から降りると、霊山寺の脇にある食堂で、昼食を摂っている。

食べているのは、どうやら、讃岐うどんらしい。

霊山寺は、八十八カ所札所の第一の霊場である。当然、四国巡礼の旅に出る人たちは、ここから、出発する。

そのせいか、白装束に、菅笠を被ったお遍路姿の人たちが、多く集まってきている。

寺のそばには、お遍路の着る、白装束や菅笠や金剛杖などを、売っている店があり、小笠原が、東京から、この鳴門に来た時、この店で、白装束や菅笠など、お遍路に必要なものを、買ったのである。

(また寄るのか?)

三田村たちが見ていると、小笠原は、今日は、平服のまま、山門を通って、霊山寺の境内に入っていった。

小笠原は、本堂に入り、お参りしたあと、本堂の脇で、霊山寺の住職と、話をしていた。

何を話しているのかは、距離が離れているので、分からなかったが、住職もニコニコしているし、小笠原も笑顔である。

そのあと、小笠原が、車で向かったのは、海に面して建つ、鳴門Gホテルだった。

全室が海に面していて、大鳴門橋や、鳴門海峡の、素晴らしい景観が、見えるというのが、売り物のホテルである。

小笠原が、その鳴門Gホテルに、チェックインしたのを確認してから、三田村と早苗の二人も、同じホテルに、チェックインすることにした。

このホテルからも、早苗が、東京に、電話をかけた。

「小笠原は、鳴門Gホテルに、チェックインしました。どうやら、今晩は、ここに、一泊するようです。私たちも、同じホテルにチェックインしています」

「そのホテルは、どの辺に、あるんだ？」

「地図を見ていただくと、分かると思うのですが、鳴門海峡に、突き出たような場所に、ホテルが、並んでいます。その一つです。近くを、大鳴門橋に向かう、神戸淡路鳴門自動車道が、走っています。こちらに来る時は、淡路島から、大鳴門橋を渡って、この道路を通って、鳴門市まで来ています」

「小笠原は一人か？　それとも、誰か連れがいるのか？」

「一人です。一人で、この、ホテルに、チェックインしています」

「そのホテルで、誰かに、会うんだろうか？」

「今、フロントで、調べたところ、小笠原は、ツインの部屋に、入っています。ですから、誰かを、呼ぶつもりかも知れません」

と、早苗が、いった。

「小笠原が、そのホテルで、誰かと会うつもりなら、絶対に、見逃すなよ」

「分かりました。今度は、どんなことがあっても、絶対に、見逃しません」

「大下楠夫が、雇った五人の私立探偵は、まだ、姿を現さないのか？」

「はい、まだ、どこにも、見えません。念のため、五人のうちの一人、橋本豊に、何回か、電話を入れてみたのですが、連絡がつきませんでした」

と、早苗は、いった。

二人は、フロントで、警察手帳を示し、もし、小笠原を訪ねて来る者がいたら、すぐに知らせてくれるように、頼んでおいた。

午後六時過ぎに、小笠原が、外出した。

自分の車で、海沿いを走り、突端の近くにある、「うづ乃家《のや》」という、大鳴門橋のたもとにある店に入った。観光案内を、見ると、鯛《たい》料理が、自慢の店だとある。

小笠原は、海の見える窓際の席に、腰を下ろし、名物の鯛丼を、注文している。

三田村と早苗も、離れたテーブルにつき、同じ鯛丼を注文し、小笠原を監視した。
二、三分して、橋本豊が、もう一人の男と一緒に、店に入ってくるのが見えた。
橋本は、早苗たちを見つけて小さく、手を上げたが、そのまま、別のテーブルについて、食事を始めた。

小笠原は、食事を済ませたあとも、すぐには席を立とうとはせず、じっと、海のほうに目をやっている。

三十分くらいも、そうしていただろうか、小笠原は、急に、立ち上がり、車に戻ると、今夜の宿泊先である、鳴門Gホテルに向かって、走っていった。

小笠原が、鳴門Gホテルに戻ったのを、確認したあと、早苗は、十津川に、電話をした。

「小笠原は、大鳴門橋のたもとにある、うづ乃家という、鯛料理の店に行って、夕食を、摂りました。今、ホテルに、戻ってきたところです」

「その鯛料理の店でも、誰にも、会わなかったのか？」

「はい、会っていません。それから橋本豊が、もう一人の、私立探偵と思われる男と一緒に、その店に現れました」

「彼らも、小笠原を、尾行しているんだろうか？」

「分かりません。少し時間が経ってから、急に入ってきましたから」

「連中は今、どこにいるんだ？　同じホテルに、泊まるのか？」

「私は、ホテルのロビーに、いるのですが、橋本たちが現れるような気配は、まったくありませんね」

　朝になった。このホテルの朝食は、一階の食堂での、バイキング料理である。

三田村と早苗が、食堂に降りていくと、小笠原は、もう、食事を始めていた。

　そして、出発。

鳴門北インターチェンジから高速に入り、大鳴門橋を渡って、淡路島に入っていく。

明石海峡大橋を渡ったところで、早苗が、十津川に、電話をかける。

「今、小笠原は、明石海峡大橋を渡って、神戸市内に、入ったところです。どうやら、このまま、東京に戻るのではないかと、思われます」

「昨夜、誰かが、小笠原を訪ねて来たかね？」

「いえ、誰も、訪ねて来ませんでした。フロントや、サービス係に、確認しましたが、誰も、小笠原を訪ねて来なかったそうです」

「しかし、小笠原は、ツインルームに泊まったんだろう？　普通、ツインなら、誰かがあとから来ると考えるのだが、本当に、誰も来なかったのかね？」

「ええ、誰も、来ませんでした。私も、少し、不審に思っているんですが、ホテルの話では、一人でも、ツインの部屋を頼む客が、いるそうです。何でも、部屋が、広いので、ゆったりとした気分に、なれるのだそうです」

「小笠原も、同じ気持ちで、わざわざ、ツインルームに、入ったというのかね？」

「今のところ、ほかには、考えようがありません」

　と、早苗が、いった。

「それから、うづ乃家で、小笠原は、夕食を摂ったんだろう？　その時、彼の携帯に、電話がかかってきたかね？　それとも、彼が、どこかに、携帯をかけなかったかね？」

「どちらも、まったくありませんでした」

「どういうことだろう？　東京から、鳴門へ向かっている時は、常に、携帯をかけていたんじゃないのか？」

「その通りです。やたらに、かけていました」

「それなのに、帰りの時は、どこにも、携帯をかけていないのかね？」

「はい、そうです。携帯電話は、持っているはずですが、かけている様子はありません」

結局、その日の、夜になって、小笠原は、東京に、戻ってきた。

2

十津川の顔に、戸惑いの色が、見えていた。

彼は、三田村と、早苗の報告を受けながらも、首を、傾《かし》げていた。

亀井と二人になると、

「結局、小笠原は、何をしに、四国へ、出かけていったのだろうか？　それも、飛行機を使えば、楽なのに、わざわざ、自分の車を使ってね。いったい、何が目的だったのかな？」

「大下楠夫にいわせれば、銀行に作らせた、五千万円の小切手を、自分に有利な証言をしてくれた、三宅亜紀子に、四国で会って、渡し、証言を翻すようなことをしないようにと、念を押した。そういうでしょうね」

「困ったことに、その疑問が解消しないんだよ」

「そうですね。小笠原が、五千万円の小切手を作ったことは、間違いありません。銀行の支店長が、はっきりと、証言していますから。その小切手を持って、小笠原が、四国の鳴門まで、自分の車で行った。足を延ばして、金比羅にも、行った。何しろ、五千万円の小切手を持って、いますからね。ただ単に、観光目的で、鳴門の渦潮を見に行ったり、金比羅詣でをしたり、金丸座で、歌舞伎を観たりして帰ってきた。それだけだとは、到底思えません」

「こうなってくると、金比羅で撒《ま》かれてしまったのが残念で仕方がない。カメさんは、小笠原が、われわれの尾行を撒いて、誰かに会ったと、思うかね？」

「ええ、思いますね。ほかに、考えようがありません。小笠原は、尾行されているのに、気がついて、三田村刑事と、北条刑事の二人を撒いて、誰かに、会ったんですよ。誰かと会って、どこかに、一緒に泊まり、朝になってから、駐車場に戻ってきたのです。相手は、女性の可能性が強いと、思いますね」

翌日、十津川は、三田村と、北条早苗から、四国での、小笠原の行動などを聞いたが、聞いているうちに、ある不安が、胸のなかで、膨らんでいくのを感じていた。

十津川は、今でも、小笠原の、妻殺しの容疑は、無実だと、思っている。

しかし、その、無実だという確信が、ここに来て、少しずつ、小さくなっていくのを、感じるのである。

それに、とどめを、刺すような男が、現れた。

例の、大下楠夫である。

その大下楠夫が、捜査本部に、やって来て、十津川に、面会を求めてきた。

「どうされますか？　お会いに、なりますか？」

受付が、聞いてくる。

十津川は、迷った。どうせ、大下楠夫が話すことは、分かっている。

彼は、小笠原美由紀殺しの犯人は、夫の小笠原に、決まっているのだから、一刻も早く小笠原を、逮捕しろというに、決まっているのだ。

迷っていると、受付は、

「何でも、小笠原の妻殺しについての、新たな証拠を、四国で発見したから、それを見せたいので、訪ねてきた。そういっていますが」

と、いう。

それで、十津川は、とにかく、会ってみようと決心して、

「分かった。応接室に、通しておいてくれ」

十津川は、亀井と一緒に、一階の、応接室で、大下楠夫に会った。

大下は、何が、嬉しいのか、楽しそうに、笑顔を浮かべている。

「小笠原が、とうとう、シッポを出しましたよ」

大下は、嬉しそうに、いった。

「つまり、妻殺しの証拠を、つかんだということですか?」

「その通りです。小笠原が、突然、車を飛ばして、鳴門に行った。そのことはもちろん、警部さんも、ご存じでしょうね? 警察だって、彼を尾行していたんじゃないですか?」

大下が、十津川の顔色を見ている。

十津川は、それには、答えず、

「今度の、四国行きで、小笠原の、シッポをつかんだというのは、どういうことなのか、教えて貰えませんか?」

「今回、小笠原は、急に、五千万円の小切手を作り、それを持って、四国に行ったんですよ。もちろん、そのことも、ご存じですよね?」

「小笠原が、五千万円の小切手を、作ったというのは、知っていますよ」

「小笠原は、それを持って、四国に行ったんです。四国に行った理由は、簡単に、分かりました。小笠原には、妻殺しについて、アリバイがある。そのアリバイは、問題の日に、小笠原が東京を留守にして、鳴門に行っていたというものでしたね。鳴門で渦潮を、写真に撮り、四国八十八カ所霊場巡りの、第一番札所、霊山寺で、三宅亜紀子という女性に会った。そして、彼女の写真も撮った。それが、彼のアリバイに、なっていたんですよね」

「もちろん、そのことも知っていますよ」

「まあ、それで、小笠原は、逮捕を免れていたんですけどね。第三者の証言ですから、確かに、証言としての力はありますが、三宅亜紀子という女性が、嘘をついていることも、考えられますよ。その嘘が、バレたら、小笠原は、当然窮地に立たされてしまう。そこで、証言を、再度確認しておくために、小笠原は、五千万円の、小切手を作って、三宅亜紀子に渡して、絶対に、前の証言を、覆さないこと。その約束を取りつけるために四国に行ったのではないかと、私は思ったのです。そこで、私は、五人の優秀な私立探偵を、雇って、彼を、尾行させました。そのなかの一人、橋本豊という私立探偵は、かつて、警視庁捜査一課の刑事だったと聞いています。それだけに、優秀な私立探偵だろうと思って、今回、五人のなかに彼を加えたんですけどね」

「回りくどくいわずに、シッポをつかんだという、そのシッポのことを、話してくれませんか？」

十津川が、相手の話を遮って、いった。

「いいですよ。じゃあ、面白い写真をお見せしましょう」

大下楠夫は、持ってきたアタッシェケースの中から、一枚の写真を取り出して、二人の刑事の前に、置いた。

それには、二人の人間が写っていた。

一人は、小笠原徹である。

もう一人は、中年の女性で、その女性を、指差しながら、大下は、

「刑事さんも、その顔に、見覚えがあるでしょう？　ええ、そうですよ、三宅亜紀子さんですよ」

なるほど、問題の証言者である。間違いなかった。

三宅亜紀子は、白装束で、お遍路の格好をしていた。

「この二人が写っている場所は、いったいどこですか？」

「栗林《りつりん》公園の中ですよ。高松の近くにあって、名園として知られている、あの栗林公園です。それから、写真の日付も見てください。四月十六日に、なっているでしょう？　つまり、彼が四国に入って、金丸座で、途中まで歌舞伎を観て、姿を消した。そのあとですよ。それから、その写真を、よく見てください。小笠原が、白い封筒に、包んだものを、三宅亜紀子に、渡しているでしょう？」

「ただの手紙じゃないんですか？」

「そうですね。確かに、手紙かも知れませんが、それだけとは、考えられません。手紙と一緒に入っているのが、五千万円の小切手だと、私は思っていますがね」

「よく、こんな写真が、撮れましたね」

「私は、五人の優秀な私立探偵を雇って、小笠原の尾行を、させたんですよ。それは無駄金ではなかった。つまり、こうして、小笠原が、四国で、三宅亜紀子に会って、五千万円の小切手を渡した。その証拠写真が、撮れたんですからね。続けて、二枚目の写真を、お見せしましょう」

大下楠夫は、次の写真を取り出して、十津川と亀井の前に、置いた。

同じサイズの写真である。それには、どこかのホテルが写っていた。

「そして、もう一枚」

大下は、そういって、三枚目を取り出すと、それには、そのホテルの、フロントで、宿泊者カードに、記入している小笠原の姿が、写っていた。しかし、三宅亜紀子は、一緒ではなかった。

「栗林公園で、三宅亜紀子とは、別れましてね。小笠原は、一人で、そのホテルに、チェックインしたんですよ。ホテルの名前は、ビレッジ高松です。次の日、朝早く起きて、小笠原はタクシーで、琴平に戻りました。そして、駐車場に停めておいた自分の車で、大鳴門橋を、通って、東京に、帰ってきたのです。つまり、小笠原は、三宅亜紀子に、会うために、わざわざ、四国に行ったんですよ。ほかの誰にも会っていないのです。彼女に五千万円の小切手を渡した。嘘の証言を、確固たるものにしようと思って、彼は、四国に行ったんです。帰りの道中で、小笠原は、明らかに、機嫌がよく、ニコニコしていたそうですよ。これでアリバイは、完全なものになった。おそらく、小笠原は、そんなふうに、思ったんじゃありませんか？」

「どうですか、大下さん、正直に、話し合いませんか？」

間を置いて、十津川が、提案した。

大下は、ニッコリして、

「こちらも、そうあって欲しいと、思っていたんです。喜んで、話し合いに応じますよ」

「実は、われわれも、小笠原のことを尾行していたんですよ」

「そうでしょうね。そうでなければおかしいんだ」

「小笠原が、鳴門に着いて、それから、霊山寺に行き、そのあと、琴平に行って、金丸座で歌舞伎興行を観た。次いで、彼が、金比羅さんに行ったので、二人の刑事が、尾行しましたが、その途中で、尾行に、気がつかれたのか、まんまと撒かれてしまいましてね」

「金比羅さんの途中の駅で、撒かれたんでしょう」

「なぜ、そちらの雇った、私立探偵は、撒かれなかったんですか？」

「いや、私立探偵たちも、まんまと撒かれてしまうところだったんです。ただ、最近、私は、金比羅さんに、行くことがありましてね。本宮までの、長い石段の途中に、左に曲がると、すぐのところに、タクシーの小さな駐車場があることを、知ったんですよ。そこには、大門駅と、書いてありましてね。タクシーの営業所の、電話番号が書いてありました。つまり、本宮の、長い石段を登っていく途中で、疲れてしまった人が、その大門駅まで行って、タクシーを呼ぶわけです。私は、そのことを、知ったので、小笠原が尾行を撒くとしたら、ここしかないと思って、五人の私立探偵のうちの二人を、その大門駅に、回しておいたんです。私の狙い通り、タクシーに乗った三宅亜紀子が、そこで、小笠原を待っていたんですよ。そして、一緒に、タクシーで金比羅さんを抜け出し、栗林公園に行き、そこで小笠原は、三宅亜紀子に、五千万円の小切手を、渡したのです。これが、事実です。だから、お願いしたい」

「どういうことですか？」

「もちろん、小笠原徹の逮捕です。彼は、間違いなくアリバイを五千万円で買ったんですよ。それが分かったんだから、逮捕できるんじゃありませんか？」

「しかし、すべて、状況証拠ですからね。これだけでは逮捕はできませんよ」

「状況証拠でも、いくつか重なれば、断定できる証拠に、なるんじゃありませんか？もし、どうしても、警視庁捜査一課が、小笠原を逮捕しないのであれば、私が、警察に代わって、小笠原を告発しますよ」

大下が、まっすぐ十津川の目を見ながら、脅かすように、いった。

3

大下楠夫が帰っていったあと、

「これから、どうされますか？」

亀井が、聞く。

「こうなってくると、どうしても、もう一度、小笠原徹に、話が聞きたいね。これから二人で、行ってみようじゃないか？」

と、十津川が、いったが、行く寸前、三上《みかみ》刑事部長の呼び出しを受けた。

「さっき、東京地検の、大槻《おおつき》検事から電話があった。実は、私と大槻検事とは、大学時代の同窓でね。向こうは、私的な話だと、断っていたが、そのなかで、例の、妻殺しの容疑がかかっている小笠原徹を、なぜ、逮捕しないのかと聞かれたよ」

三上の話は、そういうことだった。

「一応、小笠原徹について、捜査をしたのですが、アリバイがあるので、逮捕は、見合わせました」

「そのアリバイは、完全なものなのかね？」

「私は、信頼できるアリバイだと思っています」

「そのアリバイだがね。大下楠夫というノンフィクション・ライターが、あのアリバイは、金で買ったものだと、自分の著書に書いているじゃないか。その点は、大丈夫なのか？　誤認逮捕も問題だが、容疑者のアリバイを、そのまま信じて、逮捕せずにいるのも、まずいんじゃないのかね？　殺された奥さんの、家族なんかからも、どうして、犯人の夫を逮捕しないのかと、抗議の電話が来ているんだ」

「この件は、もう少し、待っていただけませんか？」

と、十津川が、いった。

「もう少し待ったら、どうなるのかね？」

「アリバイが、完全なものであることを、証明したいと、思っているのです。もし、逆の結果が出た時は、改めて、小笠原徹を、容疑者として捜査し、場合によっては、逮捕するかも知れません」

4

十津川は、亀井を連れて、小笠原徹に会いに行った。

事件の直後から、小笠原徹には、もう何度も会っている。

今日は、何回目かの、訪問だが、インターフォンを鳴らすと、出てきたのは、二十五、六歳ぐらいのハッとするような、美人だった。

リビングルームに、通されると、彼女が、コーヒーを出してくれた。

「今の方は、どなたですか？」

気になって、十津川が、聞いた。

小笠原は、微笑して、

「事件のあと、いってみれば、私は、やもめ暮らしでしたからね。何かと、不便なんじゃないかということで、先輩の一人が、彼女を紹介してくれたんですよ。いわば、通いのお手伝いさんのようなものですよ。名前は、坂本《さかもと》みどりです」

「その、坂本みどりさんのことを、あなたに、紹介してくれた人の名前を、教えてくれませんか？」

「いいですよ。木内健作《きのうちけんさく》さんです。写真学校時代の先輩です」

相変わらず、小笠原は、にこやかに、答える。

「今日、お伺いしたのは、小笠原さんが、急に、四国に行かれたでしょう？　そのことについて、ちょっと、お聞きしたいことが、ありましてね。それでお邪魔したのです」

「一人で、旅行しては、いけませんか？　私は別に、保護観察の、対象者ではないのですから、別に、どこへ、旅行しても、自由ではないかと思うのですが、違いますか？」

「もちろん、どこに行かれても、結構ですよ。ただ、少しばかり、お聞きしたいことがありましてね。旅行に行かれる直前、取引銀行に行って、五千万円の小切手を、作られましたね？」

「どうして、私の預金なんかを、調べたんですか？」

小笠原は、急に、ムッとした顔になった。

「去年の四月四日、あなたの奥さんが、殺された。夫であるあなたは、当然、容疑者の一人なんですよ。私は、あなたを、無実だと信じています。しかしながら、立場上、あなたの周辺を、調べなければなりません。あなたの預金を調べましたし、支店長にも、話を聞きました。そうしたら、五千万円の小切手のことが、分かったのです。その小切手を持って、ご自分の車で、四国に行かれましたね？」

「ええ、行きましたよ。警察は、私を尾行したんでしょうね？」

「ええ、しました。あなたは、四国に行ってから、お遍路さんの、格好をしたり、琴平では、金丸座で、歌舞伎を、観たりした。なぜ急に、四国に行かれたのか？　なぜ、お遍路の、格好をしたりしたのか？　なぜ、金丸座で、歌舞伎を観たのか？　まず、それを、答えていただきたいのですがね」

「別に、怪しいことは、何もありませんよ。金丸座の歌舞伎は、前々から、観たいと思っていたし、写真にも、撮りたかった。だから、予約して、おいたんですよ。お遍路の格好ですけどね。以前から、お遍路に興味があったんです。ですから、写真家になり立ての頃、お遍路を撮りに、四国に行ったこともありますよ。今度は、自分であの格好をしてみたくなって、第一番札所の霊山寺のそばの、売店で買って、着てみたのです」

「金丸座の歌舞伎や、お遍路に興味があるというのは分かりますよ。しかし、本当の目的は、四国に行って、誰かに、会うためじゃなかったんですか？」

亀井が、聞いた。

「そんなことはありませんよ。私は、一人で行ったし、向こうでは、誰にも会わなかったし、鳴門海峡やお遍路や、あるいは、金丸座の歌舞伎の、写真が撮れて、満足して、帰ってきたんです」

「本当に、四国では、誰にも会わなかったんですか？」

「誰にもと、決めつけられては、ちょっと、困るんですよ。お遍路の衣装を、買った店では、店の人と話をしたし、向こうは、讃岐うどんが名物ですが、それを、食べに入った食堂では、そこの娘さんとも、話をしましたよ。それから、写真も何枚か、撮りました。しかし、土地の人たちですよ」

「それは、本当でしょうね？」

十津川が、念を押した。

「ええ、本当ですよ」

「じゃあ、この写真は、どういうことなんですか？」

十津川は、そういって、大下楠夫から借りた写真を、小笠原の前に、置いた。

小笠原が、栗林公園の中で、三宅亜紀子と、会っている写真だった。

小笠原は、写真を見て、一瞬、顔色を変えたが、すぐに、笑顔になって、

「ああ、この写真ですか。これ、例の、三宅亜紀子さんですよ」

「三宅亜紀子さんといえば、あなたの、四月四日のアリバイを、証言してくれた人ですよね？」

「ええ、そうです。十津川さんだって、彼女に会って、話を聞いたことがあるんじゃありませんか？」

「以前にお話しした通り、もう一度、話を聞こうと思っていたら、急に行方不明になってしまいましてね。それで、探していたんです。そうしたら、彼女、相変わらず、お遍路姿で、四国にいたんですね。しかし、なぜ、あなたと、栗林公園に、いたんでしょうか？」

「この日の、説明をしますよ。私は、前に、栗林公園に行ったことがなかったので、急に夕景の写真が撮りたいなと思って、栗林公園に、行ったんです。そうしたら、遍路姿の三宅亜紀子さんを、偶然、見かけたんですよ。それで声をかけたら、三宅さんは、こういっていました。車を使わない、歩きの遍路で四国の八十八カ所を、回ってみたい。どこまで、できるかは分からないが、それを楽しみに、高松へも来た。お遍路で、回っ

ていく前に、栗林公園を、訪ねてみたんだと、いっていました」

「あなたは、カメラマンだから、写真を撮りたくて、栗林公園に行ったというのは、分かりますが、三宅亜紀子さんは、これから、改めて、四国八十八カ所の、霊場巡りをしようと、思っていたわけでしょう？　その彼女が、なぜ、栗林公園に、来ていたんですか？」

「実は、彼女も、写真の、趣味があるんですよ。彼女に聞くと、以前に、金沢《かなざわ》の兼六園《けんろくえん》にも、写真を撮りに行ったことがあるし、そのほか、北海道の知床にも、行ったことがある。それで、今回、高松まで来て、明日から、歩き遍路で、香川県下の二十三カ所の寺を、回るんだけど、急にその前に、栗林公園を写真に撮りたくなったと、いっていました。そこで偶然、私と、会ったというわけですよ」

「しかし、写真では、あなたは、三宅亜紀子さんに、封筒を、渡していますね？　白い封筒ですよ。写真にもちゃんと、写っている。これは何ですか？　まさか、ラブレターじゃ、ないでしょうね？」

十津川が、いうと、小笠原は、また笑って、

「ラブレターと、いいたいところですが、違います。実は、お金ですよ」

「お金？　お金というと、例の、五千万円の小切手ですか？」

「そんなもの、彼女にあげたら、逆に怒られますよ」

「じゃあ、何なんですか？」

「一万五千円です」

「それは、何のための、お金ですか？」

「三宅亜紀子さんは、昨年は亡くなった息子さんのため、今回はそれに加えて、お友だちの安藤君恵さんのために、その霊を慰めるための巡礼を、思い立ったと、いっていました。今回はそういう気持ちで、香川県の二十三カ所の寺を回って歩くんです。それで、私のほうから、お願いしました。本来なら、私が、亡くなった安藤君恵さんのために巡礼をやるべきなのに、忙しくて、なかなかその時間が、取れない。それで、二十三カ所の寺に行った時に、五百円ずつ、お賽銭《さいせん》を上げて欲しい。二十三カ所だから、一カ所五百円として一万いくらか。ですから、ちょっと、多めに、一万五千円を封筒に入れて、彼女に渡したんです。歩きお遍路というものは、ありますが、私からすれば、いわば身代わり遍路とでもいったところですかね」

「もう一度聞きますが、この白い封筒の中身は、お賽銭の、一万五千円で、五千万円の小切手では、ないんですね？」

「小切手なんかじゃ、ありませんよ。今もいったでしょう？　そんなものを差し上げたら、これから、香川県下二十三カ所を回って歩く、お遍路の、三宅亜紀子さんに対して、失礼じゃないですか？」

「それでは、五千万円の小切手は、まだ、あなたが、お持ちなんですね？」

「ええ、持っていますよ」

「あなたの言葉が、嘘ではないということを、確認させていただけませんか？」

「それは、小切手を、見せろということですか？」

「そうです」

「それはダメです」

「どうして、ダメなんですか？」

「そんなこと、当たり前でしょう。私は、警察に、逮捕されているわけではない。それに、五千万円の小切手を、どうしようと、私の自由でしょう？　見せるも、見せないも、私の自由じゃありませんか？　もし、どうしても、見せろというのなら、裁判所の令状でも、持ってきてくれませんか？」

「見せていただかないと、あなたの立場が、不利に、なってしまうんですがね」

「不利になろうが、どうしようが、構いませんよ。今もいったけれど、殺人事件の容疑者じゃないんですから」

小笠原は、まっすぐに、十津川を見た。

小笠原と、こうして話していると、十津川は、次第に、この男に対する、疑惑が大きくなっていくのを感じた。前には、信じていたのにである。

「もう一つ、お聞きしてもいいですか？」

「何ですか？」

「金丸座で、歌舞伎を観たあと、あなたは、金比羅さんに、お参りしましたね？　何段もの高い石段を、籠で登っていく人もいる。それを写真に、撮っていたんじゃありませんか？」

「ええ、あの籠は、非常に、簡単に作ってあるんですけど、合理的で、面白かった。だから、写真に撮りましたよ。何といっても、私は、カメラマンですからね」

「問題は、そのあとです。大門までは登るが、籠は、そこで終わりだ。そこから、あなたは突然、姿を、消しましたね？」

「十津川さん、そういういい方は、止めていただけませんか？　何だか、警察から、逃げたというようないい方に、聞こえますからね。私は、別に容疑者じゃないんだから、どう行動しようと、自由じゃありませんか？」

「その日、あなたは、琴平の、駐車場に車を置いたまま、帰ってこなかった。戻ってきたのは、翌朝の、九時くらいでしたね？　どこに、行って、いらっしゃったんですか？」

「それも、答えたく、ありませんね。もし、どうしても、知りたければ、私を逮捕し起訴して、裁判にでも、かけてくれれば、その時は、ちゃんと答えますよ」

小笠原は、ただ単に、こちらの、質問に答えることを、拒否するだけではなくて、なぜか、態度も、やたらに攻撃的だった。

十津川は、ますます、暗い気持ちになっていった。

5

十津川は、疑心暗鬼を、膨らませて、捜査本部に戻った。

今まで、十津川は、小笠原徹を、シロだと思っていたが、殺人事件であることには、変わりがないから、彼がシロならば、真犯人を、探さなければならない。そのための捜査本部は、もちろん、ずっと続いている。

十津川は、その日のうちに、捜査会議を開いた。

十津川は、ありのままを、刑事部長の三上に、伝えた。

「私は今まで、小笠原徹は、妻殺しの犯人ではないと確信していたのですが、今日、彼に会って、その態度や、言動を見る限り、彼に対する疑いが、濃くなってきたのは、否定できません」

「小笠原は、四国で、証人の三宅亜紀子に会ったことは、認めたんだな?」

三上が、聞いた。

「ええ、認めました。何しろ、例の写真が、ありますからね。あれを、突きつけられたら、小笠原としても、認めざるを得ないんですよ。最初は、四国が好きで、一人で、旅行に行っただけだといっていましたが、私が、例の写真を見せたら、顔色を、変えましたね。栗林公園で、三宅亜紀子に、会ったことも認めました」

「しかし、偶然、栗林公園で、三宅亜紀子に会った。小笠原は、そう、主張しているんだな？」

「ええ、そうです。たまたま、栗林公園に写真を撮りに行ったら、そこに、お遍路姿の、三宅亜紀子がいたので、ビックリした。小笠原は、そういっています」

「私には、どうにも、その辺が、腑《ふ》に落ちないね。三宅亜紀子は、あれから、歩き遍路を志して、もう一回、四国に行った。小笠原は、そういっているわけだろう？」

「そうです。彼女は、高松空港で降りて、今回は、香川県下にある、二十三カ所の寺を、回ろうとしていた。その前に、彼女も、写真で、風景を撮るのが、好きだから、栗林公園を、見に行った。そこにたまたま、自分も行っていて、再会した。あくまでも偶然だと、小笠原は、そういっています」

「その三宅亜紀子だが、今回は、どうして、香川県下の、二十三カ所の霊場を、回ることにしたんだろう？　前には、徳島県の、第一番札所、霊山寺から、回ろうとしていて、たまたま、そこで、小笠原が、彼女と会い、写真を撮った。それが、小笠原のアリバイに、なったわけだろう？　それがどうして、今回は、香川県下の寺を、回ることにしたんだ？」

「その点は疑問だったので、小笠原に聞いてみました。小笠原は、こう答えました。彼も、どうして急に、香川県下の寺を、回ることにしたのかと、三宅亜紀子に、聞いてみたところ、彼女は、こう答えたというのです。徳島県下を、二十番以降も順番に回ってもいいのだが、徳島県下には、いわゆる、遍路転がしという難所が、二カ所もあって、初めての、お遍路には向いていなかった。その点、香川県下の札所は、ほとんど、全部が平野部に、あるので、歩き遍路には、いちばん、向いている。そう教えられたので、今回は、香川県下の寺を、回ることにした。彼女は、そう、いったそうです。八十八カ所の巡礼というのは、どこから、始めてもいいし、順番に行ってもいいし、逆に回ってもいいことに、なっていますから、このことは、別におかしくは、ないのですが、これから、香川県下の寺を二十三カ所、回ろうとするお遍路が、なぜ、その前に、突然、栗林公園の写真が、撮りたいからといって、そこに、行ったのか、それが、分かりません。もちろん、どう行動しようが自由ですが、しかし、何となく、不自然です。もし、私がお遍路なら、二十三カ所の寺を、無事に回り終えてから、栗林公園に、行きますよ」

と、十津川は、いった。

「例の、五千万円の小切手の件は、どうなっているんだ？　それについて、はっきりと、小笠原は、いわなかったようだが」

「そうなんです。この写真には、白い封筒を三宅亜紀子に、渡そうとしている小笠原徹の姿が、はっきりと、写っています。この写真を撮ったというか、雇った、私立探偵に、撮らせた、大下楠夫にいわせると、この白い封筒の中には、五千万円の、小切手が入っていて、それを、三宅亜紀子に渡して、このまま、偽証を、続けさせるつもりだと、そういっていますが、その点を、私が聞いたら、小笠原は、こう、答えました。この中には、一万五千円の現金が、入っている」

「何のための、現金なんだ？」

「小笠原は、死んだ奥さんや、自分がはねた安藤君恵さんの供養のためにも、一度、自分も歩き遍路をしたい。そんなことを考えていて、今回、わざわざ、四国に行って、お遍路の、衣装を買ったりしているのだが、時間がなくて、自分では行けない。それで、これから、香川県下の二十三カ所の寺を回るという三宅亜紀子に、お金を渡して、一寺ごとに、五百円ずつの、お賽銭を上げて、死んだ二人の供養をして欲しいと、お願いした。そういっているんです」

「一つの寺で、五百円だから、一万五千円か。そうすると、小笠原は、五千万円の小切手を、三宅亜紀子には、渡さなかったんだな？」

「彼は、そう、いっています」

「そうなると、その小切手は、今、小笠原が持っているはずじゃないか？　見せて、貰ったかね？」

「いえ、見せて、貰えませんでした。自分は、別に、殺人事件の、犯人として逮捕されているわけではない。だから、警察に見せる義務はない。彼は、そう、いいました」

「それを聞いて、君は、どう、思ったんだ？」

「前なら、小笠原の言葉を信じたと思いますが、ここに来て、彼に、疑いを持つように、なりました。何といっても小笠原は、妻殺しの容疑者の一人です。何とかして、容疑を晴らしたいと、思うはずですが、それならば、五千万円の小切手を、堂々と見せればいいんです。それを、拒否したところを見ると、何となくおかしいのではないか？　今の私は、そう思っています」

「もう一つの疑問は、小笠原が、金比羅さんを参詣している途中で、姿を消したことだ。そして、朝になって、駐車場に、停めておいた自分の車のところに、戻ってきたわけだろう？　その間、どこで、誰と、会っていたのか、それについては、どう答えているんだ？」

「それについても、小笠原は、答えを拒否しました。プライベートなことについて、警察に話すつもりはない。そういいました」

「小笠原という男は、前はもっと、警察に協力的だったんじゃ、なかったのかね？」

「その通りなんです。正直に、何でも答えてくれました」

「それが急に、答えを、拒否するようになった。それがどうしてなのか、君は、どう、考えているんだ？」

「実は、私にも、それが、分からなくて、困っているんです」

「いや、分かっているはずだよ。大下楠夫が、私立探偵を使って、いろいろと、調べさせている。君は、それが不愉快だったが、そのせいで少しずつ、小笠原は追いつめられた気持ちになって、きているんじゃないのかね？　だから、答えを、拒否しているんじゃないのか？　何か答えれば、自分にとって、不利になっていく。だから、黙っているんじゃないかと、私は、見ているんだがね」

三上が、いうと、

「実は、ほかにも、二つほど疑問点が、出てきているんです」

と、亀井が、いった。

「それを話してみたまえ」

「第一は、今日、小笠原の家に、行ったところ、二十五、六歳ぐらいの美人が、応対に、出てきました。小笠原は、通いの、お手伝いみたいなものだ、先輩のカメラマンから、不自由な、暮らしをしているだろうからと、いわれて、紹介されたと、そういっているのですが、ただのお手伝いさんにしては、あまりにも色気がありすぎます。ひょっとすると、小笠原は、うるさい奥さんを始末して、ホッとして、あの若い美人を、家に入れたのではないかと、そんな、気がしているんです」

「もう一つの疑問は？」

「これは、四国で、小笠原を尾行していた三田村と北条早苗刑事の、証言なんですが、小笠原は、鳴門海峡の近くの、鳴門Gホテルに、宿泊しています。そして、その時、なぜか、ツインの部屋に、泊まっているのです。彼自身は、広い部屋が、いいので、わざと、ツインの部屋にしたといったようなことを、いっているのですが、ひょっとすると、誰かを呼んでいたのかも、知れません。ところが、尾行に気づいたので、急遽、中止してしまった。そんな、疑問を、持っています」

「こうして見てくると、私は、小笠原徹が、妻の美由紀を、殺した犯人である可能性が、濃くなってきたと思う。もし、小笠原が、妻を殺したとすると、動機は、何だったと思うかね？」

三上が、十津川に、聞いた。

「そうですね。殺された奥さんは、笠原由紀という、芸名の女優さんです。タレント仲間に、聞いてみると、かなり、気の強い、そして、恋多き女でいて、ヤキモチ焼きの性格だったらしいのです。小笠原は、最初、彼女の美しさに、惹《ひ》かれて結婚したが、だんだんと、彼女に、嫌気が差してきたのでは、ないでしょうか？　何しろ、今もいったように、彼女は、気位が高いし、ヤキモチ焼きだし、その上、両親が、資産家ですから、小笠原は、奥さんに、頭が上がらなかったのではないかと思うのです。そうした、鬱積したものが、とうとう、爆発して、殺してしまった。それが、今回の殺人事件の動機に、なったのではないかと、私は考えていますが」

「立派な動機だな」

と、三上は、いったあとで、

「これから、捜査方針を変えよう。小笠原徹を容疑者と、考えて、彼が犯人だという証拠をつかむために、捜査をする」

6

少しずつ、事態が前とは反対方向に進んでいった。

不思議なもので小笠原徹が、妻の美由紀を殺したと、考えていくと、それらしいことが分かってくるのである。

例えば、五千万円の小切手だ。

十津川と亀井が、もう一度、小笠原に会って、五千万円の小切手を、見せて貰えないと、あなたの容疑が、濃くなるばかりですよといっても、小笠原は、

「あの小切手なら、もう、焼いてしまいましたよ」

と、いう。

「焼いたって、五千万円もの、小切手をですか？」

「構わないじゃないですか。元々、私のものなんだから」

と、平然と、いう。

それから、四国で、三田村たちの尾行を、撒き、姿を消した、一夜の行動だが、それについては、いくら、質問しても、小笠原は、頑として、答えなかった。

さらに、問題なのは、十津川と、亀井が、小笠原を訪ねていった時、現れた、二十代の女性のことである。

名前は坂本みどり。二十五・六歳ぐらいで、先輩の木内健作という、カメラマンが、一人では何かと不自由だろうと、同情して、紹介してくれた女性であり、ただの、通いのお手伝いさんだと、小笠原はいったが、亀井が、問題の木内健作というカメラマンに電話をして、話を聞いてみると、

「僕が、やもめになった、小笠原に同情して、美人を、紹介したと、小笠原本人は、いっているんですか？　本当に、そう、いっているんですか？」

と、逆に、質問された。

「ええ、そういっているんですが、嘘なんですか？」

「本当とか、嘘とか、いうよりも、僕は、まったく関係ありませんよ。どうして、僕が、そんな美人を、紹介したなんて、小笠原は、いってるんだろう？」

「もう一度、確認しますが、木内さんが、彼女を、小笠原さんに、紹介したんじゃないんですね？」

「違いますよ。今度、小笠原に、会ったら、文句をいってやろう。何で、僕の名前を出したんだって」

電話の向こうで、木内健作は、怒っていた。

そんなことも、重なって、捜査本部の空気は、小笠原徹にとって、急速に悪いものになっていった。

そして、一週間後、三上は、十津川に、いった。

「小笠原徹を、殺人容疑で、逮捕し、起訴へ持ちこむことにする」

第四章　起　訴

1

あとは一気呵成《いっきかせい》だった。

十津川は、まだどこかで、小笠原徹は、無実ではないかと、思っていたが、捜査の指揮は、捜査本部の、三上刑事部長が握っている。

三上が、小笠原を、殺人容疑で逮捕するといえば、それに、従わなければならない。

逮捕令状が、下りるとすぐ、十津川は自分でそれを持ち、部下の刑事たちと一緒に、小笠原の逮捕に向かった。

小笠原の自宅に行き、逮捕令状を示すと、小笠原は、

「これは、誤認逮捕ですよ。私には、しっかりとしたアリバイがある。そのことは、警察も知っているはずだ」

と、いった。

「あなたを殺人容疑で逮捕する」

十津川が、いい、亀井が、小笠原の手に、手錠を掛けた。

「これは、どう考えても、明らかな、誤認逮捕です。あとで、警察の失態ということになってしまいますよ」

と、小笠原は、繰り返した。

その時、部屋に、若い女が入ってきた。

十津川が、前に会ったことのある坂本みどりというお手伝いだった。

彼女に向かって、小笠原は、

「たった今、私は、妻殺しの容疑で、こちらの刑事さんに逮捕された」

坂本みどりは、別に、驚いた様子も見せず、落ち着いた声で、

「誤認逮捕ですね」

「そうだ、誤認逮捕なのだが、逮捕状が出ているから、私は連行され、否応《いやおう》なく、起訴されるだろう」

「何か、私にできることが、ありますか？」

相変わらず、落ち着いた声で、坂本みどりが、聞く。

「机のいちばん上の引き出しに、名刺が一枚入っている。島崎守《しまざきまもる》という弁護士の名刺

だ。私が連れていかれたら、すぐ、その弁護士に連絡を取って欲しい。私が起訴された場合、私の弁護を、彼にやっていただきたいと、頼んで貰いたいんだ」

小笠原は、そういったあと、今度は、十津川に向かって、

「じゃあ、行きましょうか」

と、いった。

2

捜査本部に、小笠原を連行したあと、十津川は、取調室で、訊問に当たった。

しかし、小笠原は、

「申し訳ありませんが、これから先は、いかなる質問にも、黙秘することを宣言します」

「否認のままでも、起訴はできるんだよ」

「そんなことは、分かっています。裁判になれば、法廷で、いろいろと話しますよ。その前に、弁護士を呼んでください。東京弁護士会の島崎守という弁護士です」

と、小笠原は、いった。

「お手伝いさんに、頼んでいた弁護士かね？」

「そうです。彼女が、連絡してくれたと思いますから、島崎弁護士がここに来たら、会わせてください」

小笠原が、いった。

その日、小笠原は、留置されたが、翌日の午後になると、島崎守という弁護士が、やって来た。

年齢は五十代前半くらい、やや太り気味の、一見すると、あまり冴《さ》えない男だった。

その島崎弁護士は、小笠原と会うと、いきなり、

「本当に、私でいいのかね？」

と、聞いた。

小笠原は、微笑した。

「ええ、ぜひ、あなたに、弁護をお願いしたい」

「しかしね、自分でいうのも、おかしいんだが、ここのところ、引き受けた事件のすべてが、負けているんだ。今では、縁起の悪い弁護士で通っている。もう一度聞くけど、そんな私でいいのかね？」

「あなたが縁起の悪い弁護士だということは、よく知っていますよ」

「それでも、私に、弁護を頼みたいというのは、どういうことかね？」

「確か、刑事事件で八連敗じゃなかったかな？　だとすれば、そろそろ、勝っていい頃

ですよ。そう思ったから、先生に、お願いすることにしたんです」

小笠原は、笑いながら、いった。

「しかし、八連敗もしていると、さすがに、自信が持てなくてね」

「それなら、私の事件で勝って、自信を取り戻せばいい。私は、間もなく起訴されるから、法廷闘争の打ち合わせをしようじゃありませんか」

「確か、奥さんを殺した容疑で、あなたは、逮捕されたんだね？」

「ええ、去年の四月四日、妻が自宅で殺された。その容疑です」

「去年の四月四日に起きた殺人事件で、どうして今になって、逮捕されたのかな？」

「去年の四月四日が、事件の起きた日なんですが、その日には、私には、ちゃんとした、アリバイがあった。だから、警察も、私を逮捕できずにいたのですが、どうやら警察は、そのアリバイを作られたものだと、思ったらしいんですよ。明らかに誤認逮捕です」

「どんなアリバイだったのかね？」

「去年の四月四日、カメラマンの私は、春の渦潮を撮りたくて、鳴門に行っていたんです。その鳴門で、渦潮の写真を撮ったあと、四国八十八カ所巡りの、第一番札所である霊山寺という寺に、行ったら、そこに中年の女性のお遍路さんがいた。そこで、その女性のお遍路さんの写真を撮って、話をした。これが、私のアリバイです」

「その後ずっと、警察が、あなたのことを逮捕しなかったところを見ると、そのアリバイは、かなり強固なものだったようだね」

「その通りです。しかし、私が撮った渦潮の写真は、別の日に、撮ったものじゃないか？　お遍路の写真は、相手に大金を払って、偽証を依頼した時のものではないか？　今頃になって、警察はそう考え、そして、私を逮捕したんです」

「確認させて欲しいが、四月四日のアリバイは、間違いないんだろうね？」

島崎弁護士が、小笠原に、聞いた。

小笠原は、うなずいて、

「もちろん、確かなアリバイで、嘘なんかついていませんよ」

「それなら、あなたは、間違いなく、無罪だ」

「一つだけ、用心しておいて貰いたいことがあるんです」

「どんなことかね？」

「大下楠夫というノンフィクション・ライターの男がいるんですが、この男には、注意して欲しいんです。なぜだか分からないが、私のことを、ずいぶん恨んでいましてね。何とかして、私を、妻殺しの犯人にしたいと、思って、やたらと、動き回っている。筆も立つし、金もある男だから、自費で五人もの私立探偵を雇って、私が犯人だという証拠を、作ってきたんです。下手をすると、この大下楠夫という男に、足元をすくわれてしまうかも知れない。十分に、注意して貰いたいんですよ」

「どうして、その大下楠夫という男は、あなたを、そんなに、敵視しているのかね？」

「それが、私にも、分からなくて、困っているんですよ。どうも、有名人や、何かで得をした人間が、許せないらしいんです。私も、妻が亡くなったために、莫大《ばくだい》な遺産を、手に入れた。それが、大下楠夫という男には、気に食わないらしいんです。そういう人間は、何とかして、崖から突き落としてやりたい。世の中には、そういう、すねた人間っているじゃありませんか。幸福な人間が、許せないっていう男が。だから、私のことも、何とかして、刑務所に送ろうと思っている。いろいろと、策略を弄する男だから、注意しておいて貰いたいんですよ」

「それから、私に、電話をしてきた坂本みどりという女性ですが、彼女は、信用してもいいのかね？」

「もちろん大丈夫です。何かあれば、彼女と相談してみてください」

「分かった」

「もう一つ、先生に、お願いがある」

「どんなことだね？」

「少なくとも、私の、弁護をしている間は、酒を飲むのを止めてください。聞いたところでは、弁護に負け続けたあと、時々、泥酔するようになったと、聞いていますから。元々、あなたは、そんなに、酒が強くないんじゃありませんか？」

「確かに、私は、そんなに、酒は強くない。でも、飲まずにはいられなかった。悪循環だった」

「だったら、私の弁護をしている間は、酒を止めて欲しい。酒を飲まずにしっかりやれば、今回の事件で、間違いなく、あなたは勝てる。勝ったら、私と、楽しい祝杯を挙げようじゃありませんか」

「分かった」

「じゃあ、細かいことを、打ち合わせることにしましょう」

3

逮捕した犯人が、起訴されれば、それで一応、十津川たちの仕事は、終わってしまう。もちろん、そのあと、公判になれば、検察側の証人として、証言することもあるが、それは、余分な仕事というべきだろう。

しかし、今回の事件に、限っていえば、起訴したあとも、十津川は、事件のこと、容疑者のことなどが、気になっていた。

だから、容疑者、小笠原が、島崎守という弁護士に、弁護を、依頼したことについて、やはり気になった。

「どうも分かりませんね」

　と、亀井が、いった。

「私も不思議なんだ。弁護士全員を知っているわけじゃないが、島崎守という弁護士は、確か、引き受けた事件について、連続して七、八回負けているんじゃなかったかな？」

「ええ、そうなんです。正確には、八回負けているんです。何といっても八連敗ですからね。最近は、島崎弁護士に弁護を頼む人はいなくなっているそうです」

「小笠原が、そのことを、知らないとは思えないんだが」

「もちろん、知っているはずですよ。知らないはずはありません。何しろ、自分の将来がかかっている裁判ですからね。弁護士の選定だって、慎重の上にも慎重を期しているはずです」

「金がなくて、優秀な弁護士に頼めなかったとも思えない」

「そうですよ。亡くなった奥さんの、遺産が入って、小笠原は、今や、かなりの金持ちですから」

「それなのに、どうして、小笠原は、島崎守弁護士を、雇ったんだろう？　特定の事件について、その弁護士が、強いということはないのかね？　例えば、妻殺しの事件についてだけは、やたらに、強いというようなことはないのかね？」

　十津川が、いうと、亀井は、笑って、

「いや、それはありませんね。二年前にも、今回と、同じような妻殺しの事件を、扱っていますが、完敗していますから」

亀井は、コーヒーに手を伸ばしてから、

「今、小笠原は、東京拘置所ですよね?」

「ああ、そうだ。連日、拘置所で島崎弁護士と、会っているよ」

「警部には、もう一人、気になっている人間がいるんじゃないですか?」

「大下楠夫か?」

「そうです。何か、いってきましたか?」

「小笠原を逮捕したその日に、すぐ電話がかかってきたよ。やっと、私のいうことを聞いてくれましたね。ありがとうと、いったよ」

「大下は、警部に、礼をいったんですか?」

「ああ。だから、いってやったよ。別に、あなたのいうことを聞いて、小笠原を、逮捕したんじゃない。こちらの捜査の結果、逮捕する理由が、見つかったので逮捕した。そういったよ。そうしたら、大下は、こういったね。いずれにしろ、私は嬉しくて、仕方がありません。今日、一人で祝杯を挙げますよ。そういって、電話を切った」

「大下楠夫は、小笠原が、島崎弁護士を、雇ったことについて、どう思っているのか、聞いてみたいですね」

「そうだ、その点を、聞くのを忘れていた」

「私が、それとなく、聞いてみましょう。大下楠夫は、相変わらず、橋本たち、私立探偵を雇って、小笠原の周辺を、調べているようですから」

「小笠原が逮捕されても、なお、調べているのかね？」

「そのようですよ。ですから、橋本に聞けば、何か、分かるかも知れません」

亀井は、その場から橋本に、携帯をかけた。

「今、何をしている？」

と、亀井が、聞くと、

「相変わらず、ボスの大下の指示で、全員で小笠原のことを、調べています」

「しかし、小笠原は、われわれが逮捕をして、起訴されることになったんだ。それなのに、まだ、満足していないのかね？」

「今日、われわれを、集めると、大下は、こんなことを、いいましたよ。私は、非常に愉快だ。一人で、祝杯を挙げた。これで半分以上、小笠原の息の根を、止めたことになる。しかし、小笠原は、頭のいいヤツだから、どんな、逃げ道を作るか、分からない。今後も、徹底的に小笠原の周辺を調べて、絶対に、逃げられないようにしてくれ。特に、殺された妻の小笠原美由紀のことを、重点的に調べて欲しい。小笠原が、どんなに、妻の美由紀のことを、嫌っていたか、憎んでいたか、邪魔にしていたか。それが今回、小笠原が、妻を殺した動機だから、その辺を、最優先で調べて欲しい。そう訓示されましてね。これから五人でそれを調べます」

十津川が、電話を替わって、

「小笠原は、島崎守という弁護士に、自分の弁護を依頼したんだが、この弁護士について、大下楠夫は、何か、いっていなかったかね？」

「今朝の訓示の時に、いっていましたね。小笠原は、島崎守という弁護士を頼んだ。私が聞いたところでは、この弁護士は無能らしいが、なぜ、そんな弁護士を選んだのか、気になるので、この島崎弁護士についても、調べてみて欲しい。何か、小笠原が、奇策を考えているのか、気になるからと、大下は、いっていました。われわれ五人は、小笠原が、殺された妻の美由紀に対して、どんなことを、考えていたのかをまず調べ、次に、島崎弁護士のことを、調べるつもりにしています」

「島崎弁護士のことを、大下は、無能な弁護士だと、そういっていたんだな？」

「ええ。はっきりそういっていました。どうして、あんな無能な、弁護士を選んだのか分からない。小笠原は、ヤケになっているのかな？　そんなことを、大下楠夫は、いっていました」

十津川は、電話を切ると、亀井に向かって、

「やっぱり、大下楠夫も、小笠原が選んだ弁護士のことが、気になっているんだ。なぜ、

無能と噂の、島崎弁護士を選んだのかと。どうやら、島崎守弁護士が無能ということは、多くの人が、知っているようだね」

「そうらしいですね。しかし、無能な弁護士だと分かっていて、島崎に、弁護を依頼した小笠原は、いったい、何を、考えているんでしょうか？」

「理由は、一つしかないな」

「どんな理由ですか？」

「つまり、無能なら、自分のいうことを、何でも聞くだろうということだ」

小笠原の裁判を担当する検事は、四十五歳、脂の乗り切った田上《たがみ》検事だった。

十津川は、田上に呼ばれて、地方検察庁に会いに行った。

田上検事には、今回の事件に関する調書をすべて、送ってあった。

田上は、上機嫌で、十津川を迎えると、

「警察の調書に、すべて目を通しましたが、間違いなく、被告人の、小笠原徹はクロですね」

と、いった。

「勝てそうですか？」

十津川が、聞くと、田上は、微笑して、

「まず間違いないでしょう。一つだけ、十津川さんに、お聞きしたいことがありましてね。それでわざわざ、ご足労、願ったんですよ」

「どんなことですか？」

「この殺人事件が起きたのは、去年の、四月四日ですよね？　それから、現在まで、被告人の小笠原は、逮捕されなかった。この理由について、お聞きしたいのですよ」

「そのことは、聞かれるだろうと思っていました」

と、十津川は、うなずいたあと、

「もちろん最初は、夫の小笠原徹が第一の容疑者でした。殺された妻の小笠原美由紀は、笠原由紀という芸名で女優をやっていて、ほかの男優やミュージシャンなどといろいろと、噂になっていた女性です。そのくせ、大変なヤキモチ焼きで、夫の小笠原は手を焼いていて、それが高じて、妻の美由紀を殺したのではないのか？　そう考えたのです。しかし、小笠原のことを調べていくと、彼には、四月四日に、強固なアリバイがあったんです。調書にも、書いておきましたが、問題の日、カメラマンの小笠原は、春の鳴門の渦潮を、撮影しに行っていた。そしてそこで、写真を、撮っています。それから、鳴門市内にある霊山寺、この寺は、四国八十八カ所巡りの第一番札所です。四月四日、小笠原はそこに行って、三宅亜紀子という中年の女性が、一念発起して、その日から、お遍路に旅立とうとしているのに、遭遇して、彼女の写真を、撮っているのです。三宅亜紀子本人からも、四月四日、霊山寺の前で、小笠原に、写真を撮って貰ったという証言が、得られました。それで急に、夫の小笠原は、容疑者の圏外に、出てしまったのです。それでそのあとは、被害者、小笠原美由紀、芸名、笠原由紀の、つき合っていた男たちの捜査に入りましたので、小笠原は容疑者の圏外に、居続けたのです。ところがここに来て、小笠原のアリバイに、疑問が出てきました。これも調書に、書いておきましたが、鳴門の渦潮は、四月四日ではなく、別の日に撮ったものではないのか？ それから、証人の三宅亜紀子ですが、別の日に彼女を撮って、小笠原は、謝礼の金を渡し、偽証を、依頼したのではないのか？ そんな疑いが、出てきたのです。そしてもう一度、小笠原のことを調べ始めたのですが、そうするうちに、小笠原が、奇妙な動きを、見せ始めたのです。これも調書に書いておきました。五千万円を取引銀行で、小切手にして貰い、それを持って慌てて四国に行き、三宅亜紀子に、渡して、もう一度、証言を確認した。つまり、偽証を改めて要請したわけですね。そうした小笠原の動きに、われわれは、いよいよ、疑問を深め、そして今回、肝心のアリバイは、偽証によるものと断定して逮捕することに、踏み切ったというわけです」

「それで、よく分かりました」

と、田上検事は、ニッコリした。

「一応、そちらの調書で、理解はしていたのですが、担当の十津川さんの口から、はっきりと、聞きたいと思いましてね。これで確証を持ちました。必ず、小笠原を、有罪に持っていきますよ」

「私からも田上検事にお聞きしたいことがあるのですが」

と、十津川が、いった。

「どんなことでも聞いてください」

「今回の公判ですが、小笠原は、島崎守という弁護士を、選任しています。このことはもちろん、田上検事も、知っていらっしゃると思いますが」

「ええ、もちろん、知っていますよ」

大きく、田上が、うなずいた。

「私が知っているところでは、島崎弁護士というのは、あまり、優秀な弁護士ではないと見えて、現在、八連敗中と聞いたのですが、これは、本当の話ですか？」

「もちろん、島崎守弁護士のことは、よく知っていますよ。そうですか、八連敗中なんですか。あまり勝てない弁護士だなと、思ってはいましたが、まさか、八連敗中だとは知りませんでしたね」

「その島崎弁護士と法廷で争うわけですが、なぜ、小笠原は、そんな成績の悪い弁護士を、わざわざ、選んだのでしょうか？」

「その点は、私には分かりませんね。何か理由があるんじゃありませんか？」

「私もそう思います。何か理由があるはずです。田上検事は、島崎弁護士と、法廷で争ったことが、ありますか？」

「ええ、以前に、一度だけありました。今回と同じ、殺人事件です。確か、八十歳の母親を殺した、四十五歳の息子の事件でした」

「それで、有罪でしたか？」

「ええ、もちろん、有罪でしたよ」

「その時、田上さんは、島崎守弁護士について、どんな印象を、持たれましたか？　一応、東京弁護士会に、所属している弁護士ですから、そんなに力のない弁護士だとは、思えないのですが」

　と、十津川が、いった。

「三年前のあの事件について思い出してみると、四十五歳の息子が、八十歳の母親を殺したのは、もう、間違いのないことだったんですよ。だから、弁護側の戦術としては、四十五歳の息子が、十数年にわたって、身障者の八十歳の母親の面倒を見ることに疲れ切った。母親も殺して、自分も死のうと考えた。そういう方向に持っていけば、裁判長も、情状酌量を認めて、刑期が短くて済んだと、思うんですよ。ところが、四十五歳の息子は、あくまでも、自分は殺していない。誰かが、母親を殺したんだ。だから、自分は無罪だと、そう主張して、それを島崎弁護士が、まともに受けて、息子は無実である。それ一筋で、弁護をしたので、あっさりと、敗北してしまったんです。裁判長は、実の母親を殺しておきながら、まったく反省の色がない。そう断定して、懲役十五年の、実刑判決を下しました。私がいった方向で、訴えていけば、おそらく、刑期は五、六年で、済んだんじゃないかと、今でも、思っていますよ。つまり、島崎弁護士は、弁護のやり方というか、方針が間違っているんじゃないですかね。いくら自分の弁護をする被告人が、自分は、母親を、殺していない。無実だと主張しても、まったくそれが、通らないような事件でしたからね。そんな場合は、何とか被告人を説得して、やむを得ず母親を殺した。自分も母親のあとを追って、死のうと思った。そういうふうに持っていくべきだったと、今でも私は、思っていますよ」

「なるほど、島崎弁護士は、気が弱くて、被告人を、説得できない。被告人のいう通りに弁護してしまう。そういう欠点が、あるというわけですか？」

「それが欠点であるかどうかは、一概に、判断できませんが、そういうことでしょうね」

と、田上検事は、うなずいた。

次いで、田上検事から、十津川が提出した警察調書の細かな点について、質問があったあと、急に、田上は語調を変えて、

「それはそうと、十津川さんは、大下楠夫というノンフィクション・ライターを、ご存じですか？」

十津川は、思わず苦笑して、

「田上検事のところにも、大下楠夫は、何かいってきたんですか？」

「ええ、突然、電話をしてきたんですよ。どうやって、担当が、私と知ったのかは分かりませんが、突然、この部屋に、電話がかかってきましてね。自分のことをノンフィクション・ライターの大下楠夫だと、名乗りました。私が、ご用件は、何ですかと聞いたら、大下は、こういいましたよ。今回の事件、奥さんを殺したのは、最初から、夫の小笠原に間違いないと、確信していたのに、肝心の捜査一課が、頭から、夫をシロだと決めてかかって、捜査を間違った方向に、持っていってしまった。それで、何度となく注意しましたが、それがやっと、実って、今回ようやく逮捕、起訴ということになりました。私は嬉しくて、仕方がない。とにかく、頑張ってください。刑務所に、あの男を、送り込んでください。大下楠夫という男は、そういいましたよ」

「ビックリされましたか？」

「ええ、突然の電話でしたからね。ちょっと、驚きました」

「そうでしょうね」

「私は、相手に、小笠原という男がお嫌いなんですかと、聞きました。そうしたら、悪人は、みな嫌いですよ。殺人を犯しておきながらシラッとして、自分は、無実だという人間ほど、嫌いなものはありません。だから、田上検事が、小笠原を、刑務所に送ってくれれば、こんなに、嬉しいことはないんです。とにかく、今日は嬉しくて、つい、電話をしてしまったといっていましたね。応援してくれるのはいいですけどね、邪魔だけは、して貰いたくない。私としては、そんな気持ちです。大下楠夫という男に聞くと、十津川さんに対しても、いろいろと、電話をかけてきたそうですね？」

「最初、警察としては、夫の小笠原はシロだと見ていましたからね。大下という男は、やたらと、それは違う。夫の小笠原こそ、真犯人だと、電話をしてきたり、告発する著書を寄越《よこ》したりしましてね。ずいぶん、うるさい男だなと、思っていたんです」

「それほど、たびたび、大下楠夫という男は、十津川さんのところにも、いろいろといってきたわけですか？」

「挑戦状めいたものも受け取りましたよ。私たちが小笠原の逮捕に、踏み切ったら、とうとう警察も、自分のいうことを、聞いて、動いてくれたと、喜んでいるようですが、もちろん違います。われわれが、自分で考え、自分で捜査して、小笠原が、犯人だと結論づけたから、逮捕したのです。それなのに、大下は自分の考えが正しかったと誤解しているようで、弱っています」

4

小笠原の逮捕によって、捜査本部は、解散した。

だが、十津川は、どうしても、今回の事件には、気になることがあって、気分的に、すっきりすることができなかった。

亀井が心配をして、

「警部には、まだ何か、引っ掛かることが、あるんですか?」

「事件そのものの、心配じゃないんだ。小笠原が犯人であることは、間違いないと、確信している。気になって仕方がないのは、大下楠夫と、小笠原の関係なんだ。どうして、あれほど、大下楠夫は、小笠原のことを憎んでいるのか? 並大抵の憎悪じゃない。何が何でも、小笠原を、妻殺しの犯人として逮捕させ、有罪にし、刑務所に、送り込もうとしている。あの憎しみの正体は、いったい何なのだろうか? それが、気になって仕方がないんだよ」

「その点は、私も分かります」

「そうか、分かってくれるか」

「しかし、警部。もうこの事件は、われわれにとっては、終わったんですよ。それに、小笠原が、妻殺しの犯人かどうかが、問題なのであって、大下楠夫というノンフィクション・ライターが、どれほど、小笠原を憎んでいたとしても、それは捜査には、何の関係も、ないんじゃありませんか?」

冷静な口調で、亀井が、いった。

「確かに、カメさんのいう通りなんだ。それはそうなんだが」

そういったきり、十津川は、黙り込んでしまった。

確かに亀井がいう通り、十津川たちにとって、今回の事件は、すでに、終了したものなのだ。捜査本部も解散してしまっている。

理屈としては、分かっているのだが、十津川の胸のわだかまりは、簡単には、消えてくれなかった。

といって、刑事たちを集めて、大下楠夫の、小笠原に対する憎しみについて、調べるわけにはいかない。

そこで、十津川は、橋本豊に、電話をかけた。

「今日、会いたい」

と伝えると、

「実は、私も警部にお会いしたいと思っていたんです」

と、いう返事が、戻ってきた。

新宿西口の喫茶店を、指定して、二人はその夜、新宿の夜景がよく見える、高層ビルの中にある「プチモンド」という店で待ち合わせた。

5

「忙しいのに、急に、呼び出したりして申し訳ない」

十津川は、詫《わ》びた。

「そんなことは、構いませんよ。私も、警部に、お会いしたいと思っていましたから。それで、警部のご用というのは、どんなことですか？」

橋本は、コーヒーをゆっくりと、かき回しながら、聞いた。

「君のほうは、まだ、相変わらず大下楠夫の指示で、事件のことを、調べ続けているのかね？」

「ええ、まだ毎日動いています。電話で、お話しした通り、五人の私立探偵が、今調べているのは、殺された、小笠原美由紀のことです。どうして、小笠原は美人の妻を憎み、殺してしまったのか？　派手好きで、浮気性の妻を殺した、具体的な動機を、何としてでも調べて欲しい。そういわれましてね。それで、五人で動いているのです」

「君たちにそれを調べさせて、大下楠夫は、どうするつもりなんだろう？」

「おそらく、今回の事件の判決が出て、小笠原が、刑務所に送られたら、大下楠夫は事件を題材にして、ノンフィクションの作品を、また、書くつもりじゃないんですかね？

その時に、必要な資料を集めている。そんな気がして、仕方がありません」

「確かに、それも、あるだろうが、それだけとは、思えないのだが」

「そうですね。私たち五人で、いろいろと話し合うのですが、いつも、驚いているのは、大下楠夫の、小笠原に対する憎しみの、強さなんですよ。あれほど全身全霊を尽くして、一人の男を、殺人事件の犯人にして、刑務所に送り込もうという、執念のようなものは、われわれのなかには、ありませんね。あの執念は、異様ですよ」

「私も、そのことが、気になって仕方がないんだ。事件はもう、警察の手を離れて、捜査本部も解散した。それなのに、私にも、どうしても、君がいったのと同じことが、気になって仕方がないんだ。あの大下楠夫の心情は、ただ単に、悪を憎むというだけの、気持ちではないと、思っている。何か、大下楠夫には、小笠原を憎む、理由があるんだ。その憎む理由を、私は、知りたくて仕方がない。知ったところで、どうするということも、ないんだが」

「私は、おそらく、女が絡んでいるんじゃないかと、見ていますが」

「女が絡んでいる？」

「そうです。例えば、大下楠夫が好きだった女がいた。その女とは、結婚してもいいとまで、思っていた。ところが、その女を小笠原に、取られてしまったのではないでしょうか？　それも、最近の話ではなくて、もっと、若い時の話なのかも知れません。だか

ら、われわれにも、分からない。しかし、そのことを、ずっと、大下は、根に持ってい
た。それでいつか、小笠原に復讐《ふくしゅう》してやりたいと、思っていた。そんな時、今回の事件が、起きた。そこで大下は、必死になって、事件について調べて、それを、本に書いた。元々、大下には、小笠原と、女を巡っての確執が、あったわけですから、誰よりもよく、小笠原のことは、知っていたはずです。だから、活字にできた」

「そうか、女の恨みか」

「別に、確固たる証拠が、あるわけではないのですが」

「ひょっとすると、君の今いったことが、真相かも知れないな。確か、大下は、まだ結婚していなかったな?」

「ええ、結婚していません。独身です」

「若い時のことが、引っ掛かっていて、結婚しないのかも知れないな。例えば、大下楠夫と小笠原は友達だった。そして、女をその親友に取られた。裏切られた友情、そして、女の裏切り。そんなことが、重なって、大下はずっと、小笠原のことを、憎んでいたということも十分に考えられるからね」

「そういえば、こんなことが、ありました」

と、橋本が、一つのエピソードを話してくれた。

「私たち五人が、大下楠夫から調査についての指示を受けていた時、一人の探偵が、質

問したんです。『大下さんが、小笠原徹を憎む理由は、女が絡んでいるんですか？　壮絶な三角関係でもあったんじゃないんですか？』と、その探偵が冗談めかして、聞いたんですよ」

「そうしたら、大下は、何といったんだ？」

「猛烈な勢いで怒りましたね。『そんなことを、君たちに調べて貰おうとは思わない。とにかく、君たちに頼んでいるのは、小笠原が、妻を殺したその理由と、殺された女、小笠原美由紀が、どんな女だったのかということだ。私のことなど、調べる必要はない。これから先、私のことを、詮索する者がいたら、その人間には、ただちに、この仕事から降りて貰う』、そういって怒ったんですよ」

「そうか、大下は、君たちに向かって、俺のことは調べるなと、いったのか」

「ええ、こちらが、ビックリするほどの大声で、怒鳴りましたよ。つまり、そこが、大下楠夫の、弱点なんじゃありませんか。アキレス腱《けん》といってもいいかも知れません。だから、そこには触れられたくない。そんな感じでした。ですから、女絡みという勝手な想像は、間違っては、いないんじゃないのか？　そう思うように、なりました。何しろ、自分のことに関して、詮索したら、今度の調査から、外れて貰うと、脅かされましたからね。みんな、表面上は、大下楠夫のいう通りに、動いています」

「警察も、殺された小笠原美由紀が、どんな女だったかは、調べたし、なぜ、夫の小笠原が、妻の美由紀を、殺したのか、その動機も、調べたんだよ」

「そうでしょうね」

「小笠原美由紀は、美人女優として有名だった。男性関係も、派手でね。その上、資産家の娘なんだ。その点、小笠原は、まあ一応、美男子ではあるが、資産家ではないし、有名ではない。そんな夫に対して、美由紀のほうはわがまま一杯に、振る舞ったんじゃないのかな。今もいったように、男関係が、派手なことは、簡単に分かった。そのくせ、彼女は、ヤキモチ焼きでね。そのヤキモチの根底には、自分のような美しくて、資産家の娘を、妻に貰っておきながら、なぜ、別の女性とつき合うのか、という思いがある。だから、ちょっとでも、夫の女関係の噂を、耳にすると、美由紀は、夫に噛みついたという証言者も現れてね。そうした家庭内の雰囲気に、小笠原は、苛立《いらだ》っていたんじゃないのか？　傲慢な妻の態度に辟易《へきえき》していたのではないのか？　かといって、それだけでは、別れることはできない。そうしたイライラが高じ、ある時ついに、爆発して、美由紀を、殺してしまった。われわれ警察が捜査した範囲では、大体こんなところだったのだが、君のところは、調べた結果、どういうことが、分かったのかね？　今日までに、大下楠夫に報告したことを私にも話してくれないかね？」

十津川が、いった。

「私たち五人で、小笠原美由紀のことを、知っている人間全部に、当たってみようということになりました。今までに、三十人近い人に会って、話を聞いています。そうした人たちに話を聞いて、少しずつ、小笠原美由紀の人間像が、浮かび上がってきました。今、警部がいわれたように、美人女優で、資産家の娘なので、わがまま一杯に、育っている。男性関係も派手だった。小笠原と結婚したあとも、ロケなどで地方に行くと、一緒に同行している男優やタレントなどと、いい仲になってしまう。そのくせ、美由紀は、夫が少しでも浮気めいたことをすると、めちゃくちゃにヤキモチを焼いて、夫の行動を、非難する。それが、今回の殺人事件の動機ではないかと、一応、大下楠夫に、報告しました」

「その報告で、大下楠夫は、納得したのかね？」

「一応、私たちの報告を聞いて、くれましたが、そのあとで、男性関係が、派手だということなので、今までに、浮気をした男優やタレントの名前を、全部書き出してくれ。それから、子供の頃から、わがままに育った、そして、芸能界に入っても、その傲慢な態度は、直らなかったといっているが、ただ単に、噂話では困るから、具体的な話を聞いてきて、できれば、それを、録音テープに録《と》ってきて貰いたい。あとになって、そんなことは、しゃべらなかったといわれても困るからねといわれました」

「なるほどね。ただ単に、話を聞いてきたというだけではなくて、証拠が欲しいか。相手の話をテープに録ってきて、それを聞きたいんだろう。彼自身がね」

「そうだと思います」

「君たち五人を雇っているというのだが、報酬のほうは、どうなんだ？　金払いは、いいほうかね？」

「ええ、いいですよ。普通の調査の時の倍は払ってくれているんじゃないですかね。その上、見事、小笠原が、有罪の判決を受けて、刑務所に、収監されたら、私たち五人には、成功報酬が与えられるそうです」

「どのくらいの成功報酬だ？」

「少なくとも、一人当たり五十万円。五人で二百五十万円です」

「そのほかに、日当とか、調査にかかった費用とか、そういう実費は、もちろん、払ってくれているんだろうね？」

「もちろんです。それに、小笠原が、まだ逮捕されない頃、警部もご存じのように、大下の指示で、小笠原を四国まで尾行していったわけですが、その時、望遠レンズが欲しいといえば、すぐに、買ってくれましたしね。いってみれば、今回の調査については、大盤振る舞いでしたよ。だから、五人とも喜んで、大下楠夫の指示に従って、調査を続けてきたのです。これからも、調査を続けるつもりらしいですよ。私以外の四人はですが」

「君自身は、どうなんだ？」

「いい仕事だから、ちょっと、辞める気にはなりませんが、もし、警部が、何か調べてくれといわれるのなら、喜んで向こうを辞めて、警部のために働きますよ」

と、橋本は、いった。

「そうだな。君は、しばらくは、ほかの四人と一緒に働いていてくれ。大下が、君のことを、信用するようになった時点で、頼みたいことがある」

「どんなことですか？」

「何回もいうようだが、私は、どうして、大下楠夫が、これほどまでに、小笠原のことを憎んでいるのか、その理由を知りたいのだ。昔、二人の間に、何があったのかを調べて欲しいんだ」

と、十津川が、いった。

6

二人の間に、過去に、何かがあったのだ。それは、十津川の確信になった。

大下楠夫と小笠原徹とは、年齢も違えば、生まれたところも違う。卒業した大学も違う。しかし、どこかで、二人の人生は、交差しているのだ。

ただ単に、ノンフィクション・ライターとして、犯人を許すことができない。妻殺しの犯人を、許せないから、何とかして、警察に逮捕させ、刑務所に送りたい。

それだけの理由で、大下楠夫が、十津川たち警察に抗議した。いや、挑戦をしたと見ていいのか？

しかし、社会正義のためというだけで、小笠原を憎み、警察や検事にまで、電話をしてきて、小笠原を有罪にして刑務所に送ってくれとは、いわないだろう。

となると、大下と小笠原、二人の人生は、過去に、どこかで交わっていて、そこで、何かがあったのだ。

それも、かなり昔だろう。そうでなければ、十津川たちが、小笠原のことを、調べている途中で、大下楠夫の名前が、出てこなければおかしいのだ。

しかし、今のところ、いくら調べても出てこなかった。

知りたいことは、二人の関係だ。

しかし、捜査本部が、解散してしまっている今、十津川が勝手に、一人で捜査するわけにもいかなかった。

そうなると、今は、どうしても、橋本豊の力を、借りなければならなかった。

翌日も、十津川は、西新宿の同じ喫茶店で、橋本に会った。

「やはり、君の力を、借りたい。報酬は、それほど払えないが、昨日いったことを、調べて貰いたいんだよ」

「大下楠夫と、小笠原との関係ですね？」

「それも、最近の二人の関係ではない。かなり昔の話だと、思う。二人の間に、女がいて、それが絡んで、何かが起こった。それが、大下の憎しみの原点だと、君はいったが、私も同じように、考えている。だから、それを何とかして、掘り出してみたいのだが、昨日もいったように、私自身、今は、動きが、取れない。捜査本部は解散してしまったし、新しい事件が起きたら、そちらの捜査を、しなければならないからね。それで、君に調査を頼みたいのだ」

「分かりました。今、大下楠夫の指示で動いていますから、少しずつですが、大下と小笠原との関係も、自然と、分かってくるのではないかと思っています。何か分かったら、すぐ警部に、お知らせしますよ」

7

公判が開始された。被告人は、フリーカメラマンの小笠原徹。検察側は、田上検事。被告人の弁護人は、島崎守弁護士。

その二日目に、十津川は、検察側の証人として、法廷に呼ばれた。廷吏に案内されて証人席に着く。

十津川は、被告人席に座っている小笠原と、島崎弁護士の様子を見た。

普通の裁判では、弁護士が、悠然と構えているという印象が、あるのだが、今日の法廷の様子は、少し違っていた。どう見ても、弁護士よりも、被告人が、自信に満ちているように、十津川には見えた。

それは、奇妙な光景だった。普通なら、弁護士が、被告人に対して、あれこれと、指図をし、被告人は、弁護士に、信頼を置いて、指示に従うという関係なのだが、今回は、それが、逆になっているような様子に見えるのだ。

(やっぱり、小笠原は、あれこれ、指図をする弁護士よりも、自分のいいなりに、動いてくれる弁護士として、島崎守を、選んだのではないのか?)

十津川が、そんなふうに、思っていると、田上検事から、最初の質問が投げかけられた。

「あなたは、今回の事件で、捜査の指揮を執った警部ですね? まず、それを、確認しておきたい」

「そうです。私は、警視庁捜査一課の十津川で、今回の殺人事件の捜査に、当たりました」

「最初は確か、今、被告人席にいる、小笠原徹に対して、無罪と、判断されたと聞いているのですが、それは本当ですか?」

「どうして、そのように、断定してしまわれたのですか？」

「被告人には、確固たるアリバイがあるように思えました。アリバイの証人も、いました。第三者なので、その証言を信用して、容疑者のリストから、外してしまったのです」

「それが、ここに来て犯人と確信し、逮捕した理由は、何なのですか？」

「被告人のアリバイを証言する証人がいたのですが、どうも、被告人が、金を渡し、その証人に、偽証させたものと、断定せざるを得ないことが、ありまして、捜査をし直し、その結果被告人が、妻殺しの犯人であることを、確信したので、逮捕したのです」

「被告人が、金で証人を作り、その証人に自分のアリバイを証言させた。それは、間違いないのですね？　間違いないと、思われた理由をいってください」

「被告人は、四国に行って、五千万円という大金の小切手を、その証人に、渡したと、思われるからです」

五千万円という具体的な金額を、十津川が口にした途端に、傍聴席から、小さなため息が漏れた。

「五千万円の小切手を、その証人に渡し、偽証を頼んだ。偽証することを、もう一度、納得させた。これは、間違いありませんか？」

「ええ、間違いありません。被告人が、取引銀行に、五千万円の小切手を作って貰い、それを持って四国に行き、証人に渡したことは、間違いありません。その直後に、私たち捜査一課の人間が、彼を調べたところ、その五千万円の小切手は、見せて貰えませんでしたから、そのニセの証人に、渡したことは、まず間違いないと、思っています」

「その五千万円の小切手についてですが、被告人は、警察に対して、どう、説明しているのですか？」

「その件に関して、被告人は、小切手は焼いてしまった、というのですよ。われわれは、被告人が、五千万円を、あの偽証をしてくれた証人に渡したのではないか、と考えています。もし、五千万円を、証人に渡していないのならば、今もその小切手は、被告人が、持っているはずなのですが、焼いたのが事実かどうかはともかく、持っていないことは、はっきりしています。小切手を見せられないのですから」

その後、裁判官は、

「弁護人、反対尋問をどうぞ」

と、促したが、なぜか、島崎守弁護士は、

「反対尋問は、ありません」

と、いった。

第五章　過去の傷口

1

橋本から、十津川に、電話がかかった。

「今、朝の、大下の、訓示が終わったところです。これから、私たち五人の、私立探偵は、訊き込みに、出発します。小笠原が、妻の美由紀を、どれほど、憎んでいたかを、小笠原の周辺にいる人間から、訊き込んでこい。大下から、そういう指示がありました」

「根気が続くね。大下は、ほとんど毎日、君たちに、同じような、訊き込みをやらせているんじゃないのか？」

「ええ、そうなんですが、今朝の訓示の時、ちょっとした異変がありました」

「どんなことがあったんだ？」

「訓示の途中、ボスの大下が、突然、怒り出したんですよ」

「何を、怒ったんだ？」

「君たちのなかには、もう一度、鳴門に行って、小笠原のことを、調べたほうが、いいのではないか？　そういう者も、いるようだが、今は、そんな時では、ない。とにかく、小笠原が、妻の美由紀を殺した、その直接的な、証拠が欲しいんだ。鳴門のことは、忘れろ。そういって怒ったんですよ」

「じゃあ、誰かが、鳴門に行って、小笠原の行動を調べたほうがいいと、大下に、向かっていったんだな？」

「おそらく、そうでしょうね。あの怒り方は、尋常じゃ、ありませんでしたよ」

「どの程度、尋常じゃなかったんだ？」

と、十津川が、聞いた。

「大下は、こういったんですよ。もし、もう一度、鳴門に、行きたいなどという者が、いたら、即刻クビにする」

「クビにするといったのか？」

「ええ、そうです。もう、鳴門のことはいうな。もし、鳴門のことをいったら、即刻クビだ。今回の事件は、鳴門とは、何の関係もないと、そういっていました」

「それで、探偵たちの反応は、どうだったんだ？」

「突然、大下が怒り出したので、連中はみな、ポカンとした顔を、していましたね。どうして、そんなに、怒っているのか、分からなかったんじゃありませんか？」

「君は今日、時間があるか？」

「今日は、夕方までは、ダメです。今もいったように、大下の指示で、ほかの四人の探偵と一緒に、小笠原の訊き込みに、行かなくてはなりませんから。ただし、訊き込みは、五時までということになっていますから、そのあとでしたら、自由です」

「大下には、体の調子が悪いとか、あるいは、急用ができたので、明日から二、三日、休みを貰いたいといってくれないか？」

「分かりました。何とか理由をでっち上げて、明日から二、三日、休みを、貰うようにしますよ。私一人が抜けたって、大下のほうは困らないと思いますね。私の代わりを、雇えばいいんですから」

と、橋本が、いった。

その日の夜、十津川は、橋本を夕食に誘った。西新宿の超高層ビルの、最上階にある中国料理の店で、食事をしながら、十津川が、聞いた。

「今日の訊き込みは、どうだったんだ？　何か、分かったのか？」

「たくさんの人間に、会いましたよ。小笠原のことを、よく知っている友人たち、それから、殺された妻の、美由紀の知り合いとかに、会って、それで、小笠原が、奥さんと、別れたがっていたという話を、何人もの人間から、聞きました。しかし、残念ながら、直接的な証拠は見つかりませんでした。ほとんどが、間接的な証拠というか、状況証拠ばかりでした。しかし、それでも裁判官は、小笠原が奥さんを殺したと判断するんじゃ、ありませんかね？」

「それで、君に頼みたいのだ。鳴門に行って貰いたい」

「鳴門ですか？」

と、橋本は、オウム返しに、いってから、急に、ニコッとして、

「大下楠夫が、私たち私立探偵に、やたらに、鳴門に行くなといっているので、警部は、鳴門に、何かあるんじゃないかと、そう、思われたわけですね？」

「私は、大下楠夫が、どうして、これほど小笠原のことを憎んでいるのか、その理由が知りたくてね。ひょっとすると、その理由は、東京にではなくて、鳴門にあるんじゃないのか？　そんなふうに、考えたんだ。そう思っていたところに、今朝の君の話があった。大下が、やたらに、鳴門にこだわるのは、私が考えていたように、鳴門にその動機があるんじゃないか？　そう思ったのでね。だから、君に明日から二、三日、鳴門に行って欲しいんだよ」

「しかし、小笠原を、尾行するようにして、私たちも警察も、鳴門に、行ったんですよね？」

「そうなんだよ。小笠原を尾行して、君たちも、私たち警察も、鳴門から香川まで、行った。そのことについて、大下は、また、鳴門へ行くなといっているのではないだろう」

「とすると、いったい大下は、なぜ鳴門へ行くなといっているんでしょうか？」

「大下が、小笠原を憎む理由が、鳴門にあるとすれば、それは、現在の鳴門ではないんだ。どの程度、遡るのかは、分からないが、いずれにしても、過去のことだと思っている」

「そうなると、漠然としすぎていて、いったい、何年ぐらい前を調べればいいのか、鳴門のどこを、調べたらいいのか、まったく分かりませんね」

「確かに、そうだが、取りあえず、二カ所に、行って貰いたい。一つは、鳴門Gホテルだ。もう一つは、鳴門の渦潮の見えるところにある、うづ乃家という、これは、鯛料理が売り物の店だ。その二カ所に、行って貰いたい」

「その二つは、確か先日、小笠原が、金比羅さんに行った帰りに寄ったホテルと、食事に行った店じゃ、ありませんか？」

「そうだよ。小笠原は、鳴門Gホテルのツインルームに泊まっている。一人なのに、どうして、ツインルームに泊まったのか？　また、そのホテルで食事をせずに、わざわざ、鳴門の渦潮が間近に見られるうづ乃家という鯛料理の店で、食事をしている。その時、じっと、渦潮を見ていたというんだ。ひょっとすると、小笠原は、昔も鳴門Gホテルに泊まり、うづ乃家で食事をしたのではないか？　そのことを、まず調べてきて欲しい」

と、十津川が、いった。

翌朝早く、橋本は、空路徳島に向かった。

徳島空港に到着すると、タクシーに乗り、まず、うづ乃家に向かった。

鯛丼が、有名だというので、橋本は、千八百円の鯛丼を、注文した。

食事を済ませたあと、橋本は、店の女将さんに会って、話を聞くことにした。

まず、東京から持ってきた、小笠原徹の写真を、女将さんに見せた。

「この人、覚えていますか？」

「ええ。ここにいらっしゃったお客さんじゃありませんか？」

と、女将さんは、じっと、写真を見ていたが、

「確か、この方、先日、お一人でいらっしゃった方でしょう？　ひどく寂しそうにしていらっしゃったので、今でもよく覚えているんですよ」

と、いった。

「その前にも、この人は、この店に来たことがあると、思うんですが、覚えていらっしゃいませんかね？」

「前にもとおっしゃいますと、それは、いつ頃ですか？　あまり前だと、自信がないの

「ですが」

と、女将さんが、いう。

「それが、はっきりしたことが、分からないんですよ。いずれにしても、かなり前だと、思うのですが」

橋本も、自信がない。

「ちょっと待ってくださいな」

と、女将さんは、いい、写真を持って奥に消えたが、しばらくすると、戻ってきて、

「分かりましたよ。奥に行ったら、この人のことを、よく覚えているという従業員がいて、私もその従業員と、話していたら、思い出したんですよ」

「じゃあ、この人は、前にも、ここに来ているんですね？」

「ええ、確か、五年か、六年前でしたよ。その時は、お一人ではなくて、三人で、いらっしゃったんです」

「一人ではなく、三人で来たんですね？　それ、間違いありませんね？」

「ええ、そうですよ。男の人二人と、若い女性が一人の、三人でした。三人でいらっしゃって、お客さんと同じように、鯛丼を、召し上がりましたよ」

「それ以外に、何か、覚えていることはありませんか？」

「鯛丼と、あの時は確か、男の方二人が、ビールを、少しお飲みになって、そうこうし

ていたうちに突然、お二人が、口論を始めたんですよ。いったい、何が、口論の原因なのかは分からなかったんですけど、だんだんとそれが、激しくなって、そのうちに、殴り合いを始めてしまったんですよ。間に入った女の人は、困ってしまったようで、しきりに、止めようとしているんですけど止まらない。とうとう、女の人は、食事の料金を払って、一人で、店を出ていってしまったんですよ」

「それで、そのあとは、どうなったんですか？」

「一人の人が、頭から、血を流してしまって、それで、慌てて、救急車を、呼んだんですけどね」

と、女将さんが、いった。

「それで、この写真の人のことを、覚えているんですか？」

橋本が、聞くと、女将さんは、

「それだけじゃ、ないんですよ」

「それだけじゃないと、いうのは？」

「そのあとで、一緒にいた女の人が、突然亡くなってしまって」

と、女将さんが、いった。

「死んだって、どうして急に？」

「船から転落して、死んだんですよ」

「船から？」

「この近くから、うずしお観潮船という、渦潮観光のための船が、出ていましてね。渦潮を近くまで行って、見られるというので、観光客には、人気があるんです」

「そんなに簡単に、船から落ちてしまうものなんですか？」

橋本が、聞くと、女将さんは、首を小さく横に振って、

「いいえ、そんなことは、ありませんよ。安全そのものの、船なんです。だから、どうしたんだろうと、地元の人間の間で、ちょっとした噂になって、念のため、事故と事件の両面で、警察も、調べたみたいですよ」

「警察が調べたんですか？」

「ええ、そうですよ。今もいったように、簡単に船から落ちるなんてことは、絶対に考えられないんだから、自分で海に飛び込んだのか、ひょっとすると、誰かに、突き落とされたのか？　警察は、その点を、調べたんだと思いますけどね」

と、女将さんは、いった。

「その女性が死んだ、正確な日時は分かりませんか？　何年前の、何月頃か」

「確か、六年前だったと、思いますよ。十月頃だったんじゃないかしら？　ここの警察に行って、お聞きになれば、詳しいことが分かると思いますけど」

と、女将さんが、いった。

2

橋本は、女将さんに、礼をいうと、タクシーを呼んで貰い、鳴門警察署に向かった。

ここでは、橋本は、十津川の名刺を使った。何か聞きにくいことが、あったら、私の名前を出してもいいと、十津川に、いわれていたからである。

その名刺が、効果を発揮したのか、六年前の、その事件というか、事故を、捜査した小池《こいけ》という、五十代の刑事が、丁寧に応対してくれた。

「あれは、六年前の十月四日でしたね。第一報は、うずしお観潮船のデッキから、若い女性が一人、海に落ちた。そういうものでした。われわれは、現場に急行して、付近の海を捜索したのですが、その日は、見つからず、翌日の朝早く、大鳴門橋近くの海岸で、溺死体で、発見されたんです」

「その女性の名前、分かりますか？」

「ええ、もちろん、分かりますよ。私が、この事件を、調べたんだから。名前は田村恵《たむらけい》子《こ》、当時二十五歳、東京の女性です」

「その時、その田村恵子という女性と、男性が二人、一緒にいたんじゃありませんか？」

「そうなんですよ。それで、これは、事故ではなく、事件なんじゃないかと、私は思ったんです」

「その男性二人の名前、分かりますか？」

「もちろん、分かります。一人は小笠原徹、もう一人は大下楠夫です」

（やっぱり、一人は大下楠夫か）

と、橋本は、思いながら、

「その二人を、訊問されたのですね？」

「そうです。あのうずしお観潮船のデッキから、海に落ちることは、まず、考えられませんからね。船自体、そういう構造にはなっていないのです。ですから、これは事故ではなく、自殺か、さもなければ、三角関係のもつれで、二人の男性のうちの、どちらかに、海に突き落とされたのではないのか？　そう思って、捜査に、当たったんです」

「それで、小笠原徹と、大下楠夫の二人は、どんな、証言をしたのですか？」

「小笠原徹は、フリーのカメラマンだといっていましたね。それで、船に乗ったあとは、渦潮の写真を撮るのに夢中で、田村恵子が、海に落ちたのは、まったく分からなかった。そう証言しているんです。もう一人の大下楠夫は、何でも、ノンフィクションのライターだそうで、その時は、船室内で、鳴門の歴史が書かれた本を、読んでいた。だから、デッキには出ていなかったと証言しています」

「それで、その二人の証言は、裏が取れたんですか？」

「いや、二人が、証言通りのことを、していたという確証は、得られなかったんですよ。目撃者も、一人も、いませんでしたしね。ですから、逆にいえば、どちらかが、嘘をついていて、デッキから、田村恵子を突き落としたという可能性も、あったのですが、それも確証がなくて、捜査は、途中で、打ち切りということになってしまいました」

「その時の二人の様子は、どうだったんですか？」

「それが、小笠原徹のほうは、大下が、彼女を海に突き落としたに違いないといいますし、大下のほうは逆に、彼女に振られた腹いせに、小笠原がデッキから、海に突き落としたんだと、お互いに譲らないんですよ」

「田村恵子の写真は、ありますか？」

「確か、資料室に、あったと思うのですが、探してみましょう。何しろ六年も前の事件ですから、見つかるかどうかは、分かりません」

と、いって、小池刑事は、資料室に行き、問題の写真を、探してくれた。

しばらくすると、小池は、橋本のところに戻ってきて、

「ありましたよ。事件の調書が、見つかりました。その中に、三人の写真が、添付されています」

と、いって、その写真を見せてくれた。

それは、三人で、一緒に撮っている写真、大下楠夫と田村恵子が、二人だけで、写っている写真、そして、小笠原徹と田村恵子が、二人だけで写っている写真の三枚だった。

「田村恵子という女性は、写真を見ると、なかなかの、美人ですね」

「ええ、そうでしょう。この三枚の写真は、全部、カメラマンの、小笠原徹が撮った写真なんですよ」

「それで、死んだ田村恵子という女性は、小笠原と大下の二人の、どちらが、好きだったんですか？」

「何しろ、私が、この事件の捜査に当たった時は、田村恵子は、すでに死んでしまっていましたからね。彼女の口から、直接、聞くわけにはいかなかったんですよ。一応、この男性二人から、聞いたのですが、今もいったように、お互いを罵りあっていて、それはもう、大変でした」

「田村恵子のその時の住所は、分かりますか？」

「もちろん分かりますが、六年前の住所ですよ」

と、断ってから、小池刑事が、調書にあった住所を、メモして、橋本に渡してくれた。

目黒《めぐろ》区内のマンションの名前が、そこには書かれてあった。

橋本は、そのメモをポケットにしまってから、

「そうすると、この事件は、自殺か、事故死か、あるいは、殺人か、分からないままに、

捜査が、打ち切られてしまったというわけですね？」

「ええ、そういうことに、なりますね。自殺、他殺、事故死、いずれも、決め手がありませんでしたから」

「それにしても、この三人は、どういう、関係だったんですかね？　それについて、この男二人は、どんなふうに、説明していたんですか？」

「それも何か、大下楠夫は、自分が先に、彼女と知り合ったのに、小笠原が割り込んできたといっていたし、小笠原徹は、逆に、自分が先に、田村恵子と、仲良くなったのに、そこに、大下楠夫が割り込んできたと、いっていましたね」

「この男二人の関係は、どういうものなんでしょうか？　どうして、二人は知り合って、女を入れて三人で、東京から、この鳴門に来たんでしょうか？」

「彼らの話を総合すると、何でも、ノンフィクション・ライターの大下楠夫が、東京で起きた、ある殺人事件のルポを、週刊誌に連載した時、小笠原徹が、挿絵の代わりに、写真を撮って、それを、載せていた。それをきっかけにして、二人は、知り合ったそうです。これは、二人とも、認めています」

「この時、田村恵子という女性は、何をしていたんですか？」

「確か、男たちの話では、田村恵子というのは、新人作家ということでしたね。何か、新人賞を貰って、その次は、徳島の鳴門の渦潮を、舞台にした小説を書くので、その取材に、行くことになった。たまたま、カメラマンの小笠原のほうは、新人賞を貰った時の田村恵子を、写真に撮っていたそうで、この写真は、もちろん、出版社に依頼されて、撮ったらしいんですけどね。大下楠夫のほうは、新人賞を獲った、田村恵子の本が、大下がその時に出版した本と、同じ出版社から出ていたので、そこの編集長に、紹介されて、彼女と知り合ったといっていましたね。それで、彼女が、受賞第一作として、鳴門の渦潮を舞台にした小説を書くことになり、そのための取材に行くことになった時、男二人も、同行することになった。そういっていましたね」

「しかし、新人作家の取材に、どうして、大下楠夫と小笠原徹がくっついていったんですかね？」

「それも聞いてみました。写真家の小笠原徹は、美人の新人作家という評判の、田村恵子が、どんな取材をするのか、それを、写真に収めたい。そう思って、ついてきた。大下楠夫は、自分も、以前から、四国八十八カ所巡りの遍路のことを、書いてみたいと思っていたから、どうせなら、一緒に行こうと、田村恵子にいって、それで、ついてきた。そういっていましたね」

「田村恵子という新人作家は、どんな本を、出していたんですか？」

「この田村恵子というのは本名で、ペンネームは違うんですよ。ペンネームは、村田《むらた》けいだそうです」

「なるほど、村田というと、田村をひっくり返したんですね？　受賞作の、題名は分かりますか？」

「その時、聞いたんですけどね、残念ながら忘れてしまいました。しかし、若手の美人作家ということで、なかなか評判だったそうですよ」

と、小池刑事は、いった。

3

橋本がこの日、最後に行ったのは、鳴門Gホテルだった。

海岸沿いに建つ、リゾートホテルで、最上階には、展望式の、大浴場があり、そこからは、大鳴門橋や鳴門海峡が一望できるというのが、謳《うた》い文句だった。

橋本が、ホテルに入ったのは、陽《ひ》が落ちてからである。ここでも橋本は、十津川の名刺を使った。

フロント係に、小笠原徹の、写真を見せて、

「この人は、先日、こちらに泊まった、はずなんですが、覚えていませんか？　一人なのに、ツインルームに泊まった人なんですよ」

と、橋本が、いうと、相手は、大きくうなずいて、

「ええ、もちろん、覚えています」

「実は、六年前の、十月に、彼はここに泊まったと思うのですが、覚えていませんか？」

「六年前でしょう？　もちろん、それも、覚えていますよ」

フロント係は、あっさりと、いう。

「しかし、六年も、前のことを、よく覚えていますね？」

「この人、確か、何か事件を、起こした人でしたからね。それで、覚えているんですよ」

「その時も、彼は、ツインルームを予約したのですか？」

「ええ、そうなんですよ。面白いことに、もう一人の男の人、確か、名前は、大下楠夫という人ですけど、その人も、同じ時に、同じように、ツインルームを予約して、泊まっているんです」

「どうして、その二人が、わざわざ、ツインルームを予約したんですか？」

橋本が、聞くと、フロント係は、笑って、

「そんなこと、決まっているじゃありませんか？　あとから、女性が来るから、ツインルームを、予約しているんですよ」

「それで、女性は、あとから、来たんですか？」

「それが、分からないんですよ。六年前の十月三日に、この写真の人、小笠原徹さんですか。それからもう一人、大下楠夫さんが、いい合わせたように、二人とも、ツインルームを予約したんですが、そのどちらに、あとから女性が来て、泊まったのかは、こちらでは、分からないのですよ。その女性は、フロントを、通して、このホテルに、泊まったわけではありませんからね」

「本当に、あとから来た女性が、どちらの、部屋に泊まったのか、分かりませんか？」

「ええ、分かりませんでしたね」

「次の日は、どうだったんですか？　チェックアウトする時なんですが」

「三人で、タクシーに乗って、食事に行きましたよ。おそらく、うづ乃家に行ったんじゃないですかね？」

と、フロント係が、いう。

橋本は、その日、鳴門Gホテルに、泊まることにして、夕食のあと、東京の十津川に、電話をかけた。

橋本の話すことに、十津川は、電話の向こうで、うなずいているようだったが、

「なるほど、小笠原と大下の間には、そんな三角関係が、あったのか」

「そうなんですよ。六年前の、十月三日にこちらに来て、小笠原徹と大下楠夫は、まず、鳴門Gホテルに泊まったんです。そして、翌日、三人でうづ乃家という料理屋に行き、

そこで男二人が、派手なケンカを、しました。おそらく、田村恵子という女性を、巡ってのケンカだったんでしょうね」

「その田村恵子という作家のペンネームは、確か、村田けいだったね。その新人作家の書いた本を、探してみよう」

と、十津川は、いったあと、

「明日、もう一カ所、君に、行って貰いたいところがある」

「この鳴門の、どこかですか？」

「ああ、そうだ。君も知っている、例の四国八十八カ所の、第一番札所、霊山寺に行って貰いたいんだ」

「霊山寺に行って、何を調べたらいいんでしょうか？」

「霊山寺の住職に会って、話を聞いてきて貰いたいんだよ」

「今回の事件に、霊山寺の住職が、関係しているんですか？」

「それは、分からない。ただ、小笠原徹が、霊山寺の住職と、親しそうに話しているのを、部下の刑事が見ているんだ。どんな関係なのか、それを聞きだして欲しいんだ」

翌日、橋本は、鳴門Gホテルを、チェックアウトすると、タクシーで、霊山寺に向かった。

橋本は、そこで、住職に会った。

今日も天気がいいせいか、第一番札所の霊山寺には、お遍路姿の男女が、何人も参詣に来ていた。

橋本は、住職に、小笠原徹の写真を、渡してから、尋ねた。

「この人、先日、この霊山寺に来たのですが、覚えていらっしゃいますか？」

住職は、ニッコリして、

「ええ、もちろん、覚えていますよ」

「名前は、ご存じですか？」

「ええ、小笠原さんと、おっしゃるんじゃなかったですかね」

「どうして、住職は、この人の名前を知っていらっしゃるのですか？　お遍路さんの、名前を、一人一人、覚えるのですか？」

橋本が、聞くと、住職は、また笑って、

「毎日のように、たくさんの、お遍路さんがいらっしゃいますからね。一人一人の名前は、到底、覚えられませんよ」

「では、どうして、この小笠原の名前だけは、覚えていらっしゃるのですか？」

「前にもお会いしたことがあるので、それで覚えていたんですよ」

「前にもとおっしゃると？」

「確か、六年前の十月でしたかね。それ以来、幾度かお会いしているんです」

「六年前の十月というと、うずしお観潮船から、若い女性が、海に落ちて死んだ時ですね。その事件というか、事故のことも、覚えていらっしゃいますか？」

「ええ、よく覚えています。あれは、不幸な事件でした」

「警察も捜査をしましたが、とうとう、事故死なのか、殺人なのか、それとも、自殺なのか、結局は、分からずに、うやむやのうちに終わってしまいました。そういう、事件だったんじゃありませんか？」

「警察の捜査のことは、あまりよく知らないんですけどね。亡くなった女性が、小笠原徹さんの、知り合いで、もう一人、確か男の方が、一緒でした」

「大下楠夫ですね？」

「そうです。その大下さんです。三人で、鳴門にいらっしゃって、うずしお観潮船から女性が落ちて亡くなってしまったんですよ。それも、警察の捜査が難航したことによって事件になってしまいました。そのあと、お二人が一緒に、この寺に、やって来られましてね。彼女は、天涯孤独に近い身の上だ。それに、同じ真言宗なので、この霊山寺に、葬ってやってくれないか？　そう頼まれたんです。それで、ウチで、供養をして、今も境内に彼女のお墓が、ありますよ」

と、住職が、いった。

住職が案内をしてくれたところには、間違いなく、墓があった。

その墓には、本名である、田村恵子の名が記され、没年二十五歳の文字と、六年前の十月四日の日付も、彫り込んであった。

「そのあと、小笠原徹と大下楠夫の二人は、お墓参りに、よく、来ているんですか？」

「ええ、毎年、命日に、いらっしゃるか、あるいは、都合が悪くて、来られない時は、これでお墓をきれいにして、供養してくださいと、お金を送ってくるのですが、不思議なことに、お二人が、揃って、姿を現すことは、絶対にないのですよ。必ず、別々に来ていますよ」

住職は、首を傾げるようにした。

「その時、いろいろな、費用を出したのは、二人のうちの、どちらだったんですか？」

橋本が、聞いた。

「確か、大下楠夫さんのほうじゃ、なかったですかね？」

と、住職が、いった。

4

十津川は、亀井を連れて、橋本が、電話で伝えてきた、田村恵子が、住んでいたという目黒のマンションに行ってみた。

しかし、古いマンションは、すでに取り壊されていて、現在は、新しいマンションが、建築中だった。

二人は、作家の村田けいが、最初の本を出した出版社を、訪ねていった。

神田《かんだ》にある、KN出版社で、そこが主宰する、KN文学賞の十回目の受賞者が、村田けいだという。

編集長が、その本を、見せてくれた。題名は『トリアージ』である。

本に巻かれている帯の文章には、「ついに新しい文学誕生。日本の文学が、これで変わる」と、あった。

「確か、トリアージというのは、大災害があった時など、負傷した人たちを、どの順番で病院に運ぶかを、決めることじゃ、なかったですかね？　医者が診断して、それぞれの、怪我《けが》の状況に応じて、赤とか、黄色とかの、タグを、負傷者の体につける。そういうものだったと覚えているのですが」

十津川が、いうと、編集長は、

「ええ、おっしゃる通りですよ。よくご存じですね」

「それで、その、彼女が書いた『トリアージ』という作品は、どういう、ストーリーなんですか？」

と、亀井が、聞いた。

「作者自身が、主人公の小説だと、思いました。この作者、村田けいさんですけど、文字通り、天涯孤独の女性でしてね。そんな自分のことを書いた小説なんですよ。いつも自分の胸には、トリアージと呼ばれる、順番を決めるタグが、ついている。そんな小説なんですが、とにかく、面白かった。才能があったし、それに、彼女は、美人でしたからね。このまま、人気作家になって突っ走るんじゃないかと、期待していたんですけど、あんなことになってしまって、とても残念です」

と、編集長は、いった。

「村田けいさんが、六年前の十月、鳴門の渦潮を取材するために、出かけたのは、ご存じだったのですか？」

「それが、ウチの原稿だったんですよ。ウチで受賞第一作を、書くということになっていて、その取材のために、鳴門の渦潮を見に行ってくると、いっていましたからね。まさか、そのまま、死んでしまうとは、思ってもいませんでしたね」

「その村田けいさんとノンフィクション・ライターの大下楠夫さん、それと、今度、奥さんを殺したという容疑で、警察に逮捕された、カメラマンの、小笠原徹さんの三人で、鳴門に行ったのは、知っていらっしゃったのですか？」

「最初は知りませんでしたね。あの事件が、起きてしまったあとで、三人で行っていたことを知ったんです」

よまにゃ

あたらしいことを始めたくなったら、
あたらしい本を読めばいい。

「村田けいさんが死んでしまったあとで、小笠原徹さんや、大下楠夫さんには、会われましたか？」

「小笠原さんには、ほとんど、会っていませんが、大下楠夫さんには、時々会っていますよ。大下さんは、ウチから、何冊か本を出していますからね」

「その時、大下楠夫さんは、あなたと、どんな話を、するんですか？」

「大抵は、新しく出る本の内容に関しての話を、するんですけど、そうですね、時には、鳴門で死んでしまった村田けいさんのことも、話しています」

「どんな話を、するんですか？」

「彼女を殺したのは、小笠原徹に、決まっている。大下さんは、そういうんですよ。何でも、彼女は、自分のほうを、好きになっていた。だから、それに、ヤキモチを焼いて、小笠原徹が、船のデッキから、彼女を突き落としてしまった。いつも、そう、いっていましたね」

「それに対して、あなたは、どう、答えられるんですか？」

「大下さんのことを、あまり、刺激したくなかったので、小笠原徹さんが、彼女のことを、突き落とすところを、実際に見たわけじゃないんでしょう？　見ていないのなら、そういうことは、あまり、いわないほうがいいですよと、忠告していたんですけどね」

「村田けいという作家は、どういう女性だったのですか？」

と、亀井が、聞いた。

「そうですね。天涯孤独を絵に描いたような女性でしたよ。普通、天涯孤独といっても、どこかに、知り合いがいるものですが、彼女の場合は、本当にいませんでしたね。アルバイトをしながら大学を出て、しばらく、東京駅の八重洲口《やえすぐち》にある会社で働いていたんですけどね。ウチの主宰するKN文学賞に、当選したあと、受賞第一作を書くといって、張り切っていたんです。その時はもう、八重洲口の会社は辞めていましたよ。自分なりに、背水の陣を敷いたと、いっていましたから」

「彼女のことを、小笠原徹と大下楠夫の二人が、同時に、好きになっていたようですが、彼女自身は、どうだったんですかね？　どちらが、好きだったんでしょう？」

十津川が、聞くと、編集長は、困ったような顔になって、

「その点は、私にも、分かりませんね。彼女に聞いたことも、ありませんでしたから。しかし、三人で鳴門へ行ったところを見ると、一応、三人で、仲良くやっていたんじゃありませんか？」

「今回、その片方の、小笠原徹が、妻殺しの容疑で逮捕され、起訴されて、公判が始まっているのですが、そのことについては、どう、思われますか？」

十津川が、聞くと、編集長は、また、困ったなという顔になって、

「私にも、分からないんですよ。小笠原さんが、本当に、奥さんを殺したのかどうか、

分かりません」

「大下楠夫は、小笠原徹が、逮捕される前から、妻殺しの犯人は、小笠原に決まっていると、あちこちで、いいふらしていたようなんですが、その点については、どう、思われますか？」

「その話なら、私も、彼から、何回となく、聞かされましたよ」

「大下楠夫は、今回の事件について、あなたに、どんなふうに、話していたのですか？」

「六年前に、小笠原は、このKN出版社が発掘した村田けいを殺している。だから、あいつは、平気で、奥さんも殺せるんだ。警察は、あいつのことを、なかなか逮捕しないが、自分は、小笠原が、犯人だと確信している。絶対に間違いない。私には、そんなふうにいっていましたね」

「その時の様子はどうでした？　本当に、小笠原が、奥さんを殺したと、心の底から、信じ込んでいるようでしたか？」

「ええ、そうですよ。大下さんは、ものすごい勢いで、断定していましたからね。あれは、ひょっとすると、六年前のことの恨みを晴らすために、そんなことを、いっているんじゃないかと思ったこともありましたけどね」

「大下楠夫は、このKN出版社から、何冊か本を、出しているわけでしょう？」

「ええ、そうです。確か、三冊出しているはずです」

「じゃあ、あなたと、一緒に飲んだり、旅行に、行ったりすることもあるんでしょうね?」

「ええ、ありますよ」

「それで、正直なあなたの意見を、お聞きしたいのですが、大下楠夫というのは、どういう性格の、男ですか?」

「そうですね。一言でいうならば、激情家ですかね」

「そうした性格は、彼が書く本にも、そのまま、表れていますか?」

「表れていると、思いますよ。彼が書くのは、ノンフィクションだから、政治問題や社会問題、あるいは、国際問題なんかに、鋭く切り込んでいくわけですけど、読者のなかには、その鋭さは好きだけれども、少しばかり一本調子で、面白さに欠けるという声が、あるのも事実ですからね」

5

十津川は、徳島にいる橋本に、電話をかけた。

「鳴門警察署に行けば、例の事件の、取調調書が、あるわけだろう? それをコピーして、こちらに、送って貰えないか？」

　と、頼んだ。

「分かりました。すぐに、手配してみますが、私は、これから、どうしたらいいですか？　何かまだ、こちらで、調べるべきことがあるなら、いってください。何でも調べますから」

　と、橋本が、いった。

「君は、三宅亜紀子のことを、覚えているか？」

「ええ、もちろん、覚えていますよ。小笠原徹のアリバイの、証人でしょう？」

「ああ、そうだ。その、三宅亜紀子なんだがね。現在、四国八十八カ所の、香川県の霊場巡りをやっているらしいんだ。そこで何とか彼女を探し出して、小笠原徹のことを、聞いて貰いたいんだよ」

「分かりました。彼女が、今、どの辺を歩いているのかは分かりませんが、何とか見つけ出して、話を、聞いてみますよ」

　と、橋本が、いった。

　翌日の午前中に、六年前の事件の、取調調書のコピーが、鳴門警察署から、十津川のところに、送られてきた。

　十津川は、その分厚い調書に、目を通した。

事件の概要には、こう書かれていた。

〈××年十月四日午後二時三十分、うずしお観潮船のデッキから、乗客の女性一人が、海に落ちて行方不明という一報が入る。

しかし、詳細は不明。

翌十月五日になって、大毛《おおげ》海岸に、若い女性の水死体が漂着。ただちに、パトカーで、駆けつけ、事件について、関係者の証言を取った。

前日、うずしお観潮船のデッキから、海に落ちて、行方不明になった女性は、田村恵子、二十五歳（東京都目黒区××町×丁目、目黒コーポ三〇二）と分かった。

彼女と一緒に、東京から来ている男性が、二人いて、一人は、ノンフィクション・ライターの大下楠夫、もう一人は、フリーカメラマンの、小笠原徹と判明。

田村恵子は、KN文学賞を獲った新進の作家で、ペンネームは村田けい。受賞第一作を書くために、鳴門の渦潮を、見に来たと、これは、同行の二人の男性が、証言している〉

そのあとに、問題のうずしお観潮船の写真と平面図が添付されて、事件の概要に関する文章が、続いていた。

〈うずしお観潮船に乗ってみると、そのデッキから、乗客が海に落ちることは、まずあり得ないことが分かる。したがって、事故死の可能性は極めて低く、可能性があるのは、自殺か、あるいは、他殺である。

それを、明らかにするために、被害者に同行して、東京からやって来た二人、大下楠夫と小笠原徹から、事情を聞く。

大下楠夫の証言。

ノンフィクションで、四国のお遍路について書きたいと、考えていたため、その関係資料を船室で読んでいた。

そのため、田村恵子が、海に落ちたのは、まったく知らなかった。

小笠原徹の証言。

私は、その時、カメラで、鳴門の渦潮の写真を撮っていた。したがって、田村恵子が海に落ちたことは、知らなかった。

しかし、船の構造から考えて、簡単に海に落ちるとは、思えない。

大下楠夫が、私と彼女の仲を嫉妬して、彼女を、海に突き落としたに違いないと考えている。

これが、最初の証言である。

大下楠夫も、もし、これが、殺人事件ならば、間違いなく、犯人はカメラマンの、小笠原徹である。そう主張してやまなかった。

また、この日のうずしお観潮船の乗客は少なく、被害者、田村恵子が、船から、海に落ちるのを目撃したという人間は、皆無である。

被害者、田村恵子について、ＫＮ出版社の編集長に電話をして、話を聞く〉

このあたりの記述は、十津川が調べたことと大差はなかった。

現在、十津川は、次の事件に備えて、待機中なので、勝手に、動き回ることはできないが、考えることだけは、できる。

十津川は、自分の机の上に、二人の男の、写真を置いてみた。

その二人とは、もちろん、大下楠夫と小笠原徹である。

十津川は、そこに、六年前に出版された本を置いた。ＫＮ文学賞を受賞した、村田けいの『トリアージ』である。

本の裏表紙には、受賞者、村田けい、二十五歳とあり、彼女の大きな写真が載っている。経歴には、アルバイトをしながらS大学文学部を卒業、モデルをやったこともあると、書かれてある。

亀井が、横から、覗《のぞ》き込んで、

「六年前の三角関係ですか？」

今、大下楠夫は、四十歳だから、当時三十四歳。小笠原徹は、現在三十二歳だから、当時二十六歳。そして、村田けいは、二十五歳で死んでいる。

「この二人は、六年前、どんな位置に、いたんですかね？」

「大下楠夫は当時三十四歳で、ノンフィクション・ライターとしては、かなり、有名だった。それまでに、本を四冊、書いているからね。小笠原徹は、その頃二十六歳。確かに、アマチュアのカメラマンとしては、かなり、有名になっていて、時々、出版社などからも仕事を頼まれたりしていたらしいが、大下のほうが有名だった」

「その時、二人は、独身だったんですか？」

「小笠原は、独身で、大下のほうも、一応独身だが、それまでに、二回ほど、同棲《どうせい》の経験があったと聞いている」

「六年前の十月、この三人が、四国に行ったわけですね」

「村田けいは、KN文学賞を、受賞して、本を出版している。そこで、KN出版社では、受賞第一作を、依頼したんだが、彼女が鳴門の渦潮を、舞台にしたものを書きたいといい、それで、現地に取材に行くことになった」

「そんな彼女に、大下と小笠原が、便乗して、同行することになったのは、やはり、美人で若い村田けいを、二人ともが、何とかして、モノにしようと、考えたからですかね？」

「たぶん、そうだろう。大下のほうは、同じKN出版社から、本を出しているし、小笠原は、大下が、執筆していた週刊誌の連載に、挿絵代わりの写真を、提供していた。二人ともKN出版社には、関係があったから、村田けいという新人が、出てきて、彼女が、若くて美人だと知って、何とかしようと、思ったんじゃないのかね。だから、大下楠夫が、自分も、四国八十八カ所の遍路を取り上げて本にしたいといい、小笠原徹は、鳴門の渦潮を撮りたいといって、強引に、一緒に行くことになった。当時、大下楠夫は、三十四歳の男盛りで、前にも、同棲の経験があるから、やはりそんな目で、村田けいを見ていたのではないだろうか？　一方、小笠原徹は、二十六歳で、独身だったが、写真で見る通りの、なかなかの美男子だからね」

「橋本の報告によれば、六年前の十月四日に、三人は、渦潮を、見るために、うずしお観潮船に乗った。そこで、村田けいが海に落ちて、死んでしまったわけですね」

「その船の写真と、平面図が、ここにあるんだ」

十津川は、そういって、机の引き出しから、船の写真と平面図を取り出して、机の上に置いた。

　亀井が、それに目をやって、

「これを見る限り、乗客が、甲板から海に落ちることは、あり得ないですね。そういう、構造になっていますよ」

「何しろ、この船は、渦潮を、間近で見るために造られた、観光船だからね。乗客が、簡単に海に落ちてしまうなんてことは、まず、考えられない。だから、事故死の可能性はゼロだと思っていいんだ」

「とすると、自殺か、他殺かということになってきますね」

「そうなってくる」

「死んだ村田けいは、KN文学賞を受賞して、本になり、受賞第一作を書くために四国に行ったわけですから、そんな彼女が、自殺するはずは、ありませんね。そうすると、後に残るのは、殺人しかないわけですが」

「この事件を、鳴門警察署が、調べているのだが、その取調調書の、コピーを送って貰った。カメさんも、あとで読んでみるといい。それによると、大下楠夫は、小笠原徹が彼女を海に突き落としたに違いないといい、小笠原徹は、逆に、大下楠夫が突き落としたと、主張したらしい。しかし、いずれも、証拠がないので、結局、うやむやに、なってしまった」

「警部は、どう、思われるのですか？」

「現在、大下楠夫は、小笠原徹のことを、何とかして、妻殺しの犯人に仕立てて、刑務所に送りたいと、願っている。そのために動き回っている。その執念のようなものを、考えると、六年前の十月に、小笠原徹が村田けいを、船から突き落としたと考えるほうが、当たっているのではないか？　そう思うんだがね」

「そうなると、大下楠夫は、六年の間ずっと、小笠原を疑い、憎み続けていたことに、なりますね」

「いやでも、そうなってくる」

「六年間は、ちょっと、長すぎやしませんか？」

「いや、六年間が、長いか短いかは、分からないよ。それは、六年前、大下楠夫が、どれほど、死んだ村田けいを愛していたかによるんじゃないのか？」

「そんなことが、今から、調べられますか？」

「肝心の村田けいは死んでしまっているから、彼女には話を聞けない。といって、小笠原は、公判中だし、残りの大下楠夫に聞けば、自分に都合のいいことしか、いわないだろう。だから、退庁後にわれわれで、大下楠夫と小笠原徹のことを、よく知っている人たちに会って、話を、聞いてみないか？　今、われわれは事件の待機中だから、それぐらいしかできないからね」

十津川が、いった。

「そうですね。二人で、地道に、訊き込みでもやってみますか」

亀井が応じた。

6

幸い、新しい事件は、起きず、十津川は亀井と二人、五時になると、警視庁を出た。

最初に、二人が訪ねたのは、新宿にある若手の写真家グループの、事務所だった。

小笠原徹は、このグループに属して、写真家として、活動していたからである。

事務所に行くと、三人ばかりの、若手の写真家が集まっていた。三人は、十津川が警察手帳を見せるなり、

「どうなんですか？　小笠原は、有罪になりそうなんですか？」

「もう裁判に、なってしまっていますからね。私には、結果がどうなるか、まったく、分かりませんよ」

十津川はそういってから、持参した村田けいの本を、三人に、見せることにした。

「この本の著者、村田けいですが、六年前、ＫＮ文学賞を受賞して、そのあと、小笠原と一緒に、四国の鳴門に、取材旅行に行っているんですよ。小笠原と、この女性のこと

は、ご存じでしたか？」

十津川は、三人に、聞いた。

三人のうちの一人が、

「僕は、彼女のことを、よく知っていますよ。何しろ、小笠原のヤツ、彼女に、夢中でしたからね」

「そうですか、小笠原さんは、村田けいに夢中だったんですか？」

「あの頃、小笠原は、まだ、二十代だったけど、女性に、よくモテましたよ。ただ、小笠原本人がいうには、頭でっかちの女性は、好きじゃない。そうかといって、きれいなばかりの女性も、好きに、なれない。そういっていたんです。そんな時に、村田けいが現れたんですよ。美人だし、その上、頭がいい。小笠原が、いちばん褒めていたのは、感覚の鋭さでしたね。彼女は、僕が持っていないものを、持っている。いつもそんな、褒め方をしていましたね。KN出版社では、村田けいを売り出そうとして、宣伝ポスターのようなものを、作っていたんですよ。そのポスターの写真を、KN出版社に頼まれて、小笠原が撮るために、一緒に、行動していたから、なおさら、彼女のことが、好きになってしまったのじゃありませんか？」

「先ほど、いいましたように、村田けいは、受賞第一作に、鳴門の渦潮をテーマにした、作品を書きたくて、取材に行った。それに小笠原さんが、ついていったのは、知っていましたか？」

「ええ、もちろん、知っていましたよ。小笠原が、やたらにはしゃいでいたから、ちょっとからかってやろうと思いましてね。俺も一緒についていくといったら、本気で怒られましたね」

「その取材には、もう一人、大下楠夫というノンフィクション・ライターも、ついていったのですが、そのことも、ご存じでしたか？」

「途中で、知りましたよ。僕らは、村田けいと小笠原が、二人で行くものだとばかり、思っていたんですよ。そうしたら、出発直後に、小笠原から、電話がありましてね。やたらに、怒っているんですよ。変なヤツが、一緒に、ついて来ちゃったよ。そういって、いましたね。それが、大下楠夫だったんですね。あの頃は、大下楠夫のほうが、有名だったし、KN出版社からも、確か何冊か本を出しているから、向こうのほうが、発言力も強い。それで、小笠原のヤツ、怒ってたんじゃないかと、思うんですよ」

「その直後に、村田けいが、うずしお観潮船から海に落ちて死んでしまったんですけど、この事件のあとも、皆さんは、小笠原さんに、会っているわけでしょう？」

「ええ、もちろん会っていますよ。何しろ、同じ仕事をしているし、同じ集団に、所属していますからね」

「事件のあとの、小笠原さんの様子は、どうでしたか？」

と、亀井が、聞いた。

「さすがに、しばらくは、落ち込んでいましたよ。こちらも四国の鳴門の話はしないようにして、気を、遣っていたんですが、ある日突然、小笠原は、結婚してしまったんです」

「お相手は、殺された女優の笠原由紀さんですね？　最近、気がついたんですが、彼女の顔、どこか、村田けいさんに似ていますよね？」

亀井が、いうと、三人のカメラマンは、一様に、うなずき、そのなかの一人が、

「刑事さんも、やっぱり、そう思いますか？　僕も、小笠原が、結婚した時、すぐに、そう思ったんですよ。ああ、小笠原は、鳴門で死んだ村田けいのことが、未《いま》だに忘れられないので、よく似た女性と結婚したんだなと、そう思いましたけどね」

「そのあとは？」

「顔がよく似ていたんで、結婚したんだが、中身は、まったく違っていた。そういって、ひどく落ち込んでいましたよ」

と、別の一人が、いった。

7

次に、十津川と亀井の二人が、会いに行ったのは、ノンフィクション作家だけの、グループだった。そのグループ、NFWC、ノンフィクション・ライターズ・クラブで、大下は理事を、務めている。

ここでも、十津川は、事務局の男性に、村田けいの本を見せ、裏表紙に、載っている彼女の写真を、示して、

「この女性と、大下楠夫さんのことを、知っていましたか？」

と、聞いてみた。

「その本が出たのは、今から、六年前でしょう？　今もそうだけど、ちょうど、その頃から、大下は、自分の書くものに、自信を持ち始めていて、自信満々だったんですよ。だから、KN出版社に行っていて、知り合った、村田けいという、美人の新人作家の後援者みたいな気持ちだったんじゃないですかね」

「それは、大下楠夫さんが、村田けいという女性が好きだった。そういうことですか？」

「大下という男は、昔から、すぐ女に惚《ほ》れるタチでね。だから、二回も、同棲したんだと思うけど、村田けいには、特別な感情を、持っていたんじゃないのかな。大下は、こういっていたんですよ。やっと、結婚してもいい女が見つかったって。だから、半ば強引に、一緒に、四国に行ったんじゃないですか？」

「この村田けいさんは、四国の鳴門でうずしお観潮船に乗っていて、海に落ちて、死んでしまったのですが、この事件のあと、大下楠夫さんの様子は、どうでしたか？」

と、亀井が、聞いた。

「しばらくは、落ち込んでいましたよ。それがいつからか、突然、妙なことをいい始めたんですよ。仇《かたき》を取ってやるとか、あいつを、絶対に刑務所に送ってやるとか。それで、あいつって、誰なんだって聞いたら、小笠原徹だと、いうんですよ。そんなことがあったあと、小笠原徹の奥さんが殺された。その時、大下がいったんですよ。これは絶対に、小笠原が、殺したんだ。何しろ、あいつには、前科があるからな。そういっていましたね。僕には、何のことか、分かりませんでしたけどね」

第六章　逆　転

1

今回のこの裁判は、誰の目にも、検察側が圧勝して、被告の小笠原徹は、有罪判決を受けるだろうと、見られていた。

裁判中にもかかわらず、「ウィークリー日本」という週刊誌は、この事件を、取り上げて、被告の小笠原徹は、有罪だと断定していた。

その根拠として、小笠原徹の行動には、あまりにも、疑惑の点が多く、どう考えても、彼の行動は、アリバイ作りとしか、思えない。美人女優の笠原由紀、二十八歳が、彼女のヘアヌード写真を、二年前に撮った、カメラマンの小笠原徹と結ばれてから、いかにして、二人の仲が険悪になり、ついには、夫の手で殺されるに至ったかを、ドラマ仕立てで、書いていた。

田上検事も、まず、小笠原徹と女優、笠原由紀が結ばれたあと、いかにして、夫婦仲が悪化し、女優の笠原由紀が、殺されなければならなかったかを、検証することから始めた。

田上が、証人として呼んだのは、笠原由紀の長年の、マネージャーだった小川圭子《おがわけいこ》という三十五歳の、女性だった。

「あなたは、亡くなった笠原由紀さんのマネージャーを、何年、やってこられたのですか？」

「八年と少しです」

「マネージャーの、あなたから見て、笠原由紀さんというのは、どんな、女性でしたか？」

「良くも悪くも、本当の、女優でした」

「もう少し、具体的に、いって貰えませんか？」

「華やかで、わがままで、感情の起伏が、激しくて、そのくせ、すぐに人を信じてしまう。そういう女性なんです」

「笠原由紀さんが、カメラマンの小笠原徹と、結婚した時も、あなたは、マネージャーをやっていたんですね？」

「ええ、そうです」

「二人が、結婚するに、至ったいきさつについて、話して貰えませんか？」

「以前、彼女が、ヘアヌード写真を、撮ったことがあるんです。それが評判になって、十万部も売れた、写真集になるんですけど、その時に、カメラマンとして、この写真集を、撮ったのが、小笠原徹さんだったのです。それが、縁になって、二人は親しくなり、結婚するに至りました」

「その結婚に、あなたは、賛成でしたか？　それとも、反対でしたか？」

「反対でした」

「どうして、反対だったのですか？」

「今もいいましたように、彼女は、生まれつきの女優なんです。華やかで、わがままで、すぐに、人を信じてしまって、その上、嫉妬深い。だから、小笠原さんが、どうというよりも、彼女自身、結婚には、向いていないと、思っていたので」

「でも、結婚したんですね？」

「ええ、盛大な、結婚式でした」

「結婚生活は、最初は、うまく、いっていたのですか？」

「ええ、いっていました。実は彼女、正式に結婚したのは、今回が、初めてだったのです。だから、嬉しかったのでしょうか、ずいぶんはしゃいでいましたよ」

「それが、どうして、うまく、いかなくなったんですか？」

「詳しいことは、分かりませんけど、ある時、彼女が、私にいったのです。主人に、女がいることが分かった。悔しいって、そういったんです」

「それは、本当だったんですか?」

「ええ、本当でした」

「本当だと、どうして、分かったのですか?」

「最初は、彼女の思い過ごしだと、思ったんです。でも、彼女が、あまりにも、強くいうし、悔しそうなので、彼女が、北海道のロケに一週間行っている間、私は、私立探偵に、頼んで、内緒で、家を見張って貰ったのです。私も、ロケに一緒に行かなくては、なりませんでしたから」

「それで、何が、分かったのですか?」

「彼女のいう通りでした。私と彼女がロケで北海道に行っていた間、小笠原さんは、若い女を、家に連れ込んでいたのです」

「それで、どうしましたか?」

「私は、彼女に、小笠原さんとは、すぐに別れなさいと、勧めました。彼女は、わがままですけど、その反面、人のいいところも、あって、よく騙《だま》されるんです。それに、ご主人の小笠原さんは、もう、あなたのことを、愛していない。だから、女を作ったのよ。そういう人とは、一日も早く、別れたほうがいいと、そういったんですけど、彼女は、彼のことが好きだから、別れたくないと、そういうのです」

「小笠原徹のほうは、どうだったんですか？」

「小笠原さんも、別れる気は、なかったみたいです。女がいることも、強く否定していたし、今でも、妻を愛している。そんなことをいっていましたから」

「小笠原徹が、別れなかった理由は、何だと思いますか？」

「最初、まだ、少しは笠原由紀のことを、愛しているんだと、思いましたけど、今になると、どうも、そうではなかったと思います。あの時に、別れたのでは、自分が女を作ったのが、原因ですから、不利になる。それでは、まずいと思って、別れなかったんだと、思います。別れなくて、妻の笠原由紀が、死んだら、財産は全部、自分のものになると、小笠原さんは思ったでしょうし、現に今、そうなっていますから」

「殺された、笠原由紀さんですが、マネージャーのあなたに、何か、不安めいたことは、いっていましたか？」

「去年三月三日の、ひな祭りの時でした。彼女は、もう二十八歳なのに、毎年、新しいおひな様を飾るのが、好きだったんです。私も、それを、手伝いました。その時、ご主人の小笠原さんは、留守だったんですけど、おひな様を並べながら、彼女が私に、こんなことを、いったんです。私は、今でも、小笠原を愛しているけど、彼のほうは、どう思っているのか、分からない。ひょっとすると、私、彼に殺されるかも知れない。そんなことを、いったのです」

「それは、そんな、気がするといっただけなのですか？　それとも、もう少し、具体的な内容の話だったのですか？」

「その時、彼女は、こうも、いったんです。小笠原徹さんが、彼女のヘアヌード写真集を撮ってから、急に有名になって、大きな仕事が、たくさん入るようになった。東京での仕事の時には、家から通っていたが、例えば、沖縄で、若い女優さんの写真を撮るとなると、一週間ぐらいずっと、沖縄に、行っていることもある。その時は、一人で家にいるんだけど、時々、誰かが、バスルームを覗いているような気がして、仕方がない。最近、そんなことが、多くなって、何だか怖くなっている。そういったんです」

「しかし、それが、夫の小笠原徹かどうかは、分からないわけでしょう？」

「ええ、分かりません。でも、彼女は、こういったのです。夫の小笠原が、留守の時に限って、バスルームを、覗かれているような気がしたり、無言電話が、かかってくる。だから、ひょっとすると、あれは夫かも、知れない。もしかすると、私は、いつか彼に殺されるかも、知れないと、そんなふうに、いったんです」

「それが、去年の三月三日だったんですね？」

「ええ、そうです」

「そして、その一カ月後の、四月四日に、笠原由紀さんは、バスルームで、何者かに殺されてしまった」

「はい」

「その時も確か、小笠原徹は、四国に鳴門の渦潮を、撮影に出かけていて、東京を、留守にしていたんですよね？」

「ええ、ですから、犯人は、ご主人の、小笠原徹さんではないかと、私は思いました」

2

次に、田上検事が、被告人の、小笠原徹を証言台に立たせて、質問した。

田上がまず、質問したのは、五千万円の小切手の件ではなくて、小笠原徹が、去年の十二月十日の夜に起こした、交通事故のことだった。

「あなたは、去年の十二月十日の夜、交通事故を、起こしていますね？」

田上検事が、聞くと、小笠原は、

「ええ、確かに、事故を起こしましたが、もう、その件については、すべて済んだことですよ。一時は免許も取り上げられて、使えなかったし、罰を受けているのです」

「しかし、ただ単なる交通事故なら、それでいいのでしょうが、あなたが、その夜、車ではねて死亡させたのは、安藤君恵という名前の女性です。その名前を、覚えていますか?」

「ええ、もちろん、覚えています」

「あなたは、この安藤君恵さんという女性が、どういう女性かは、もちろん、知っていますよね?」

意地悪く、田上検事が、聞く。

小笠原は、顔を紅潮させて、

「ええ、もちろん、知っていますよ。ただし、彼女のことは、あとから、聞いて知ったのです。いろいろな人が、いろいろなことを、教えてくれましたからね。彼女が、横断歩道ではないところを渡ろうとして、それで、はねてしまったんだけど、その時には、彼女が誰か、知りませんでした。安藤君恵と、聞かされても、まったく分からなかった。それが、本当のところです」

「もう一度聞きますが、彼女をはねた時は、安藤君恵という女性が、どういう人なのかは、本当に、知らなかったんですか?」

「ええ、知りませんよ」

「少しばかりおかしいですね」

と、いいながら、田上は、一枚の大きく引き伸ばした写真を、取り出した。

「ここに、二人の女性が、写っています。左側は、問題の安藤君恵さん。右側の女性についても、小笠原さんは、もちろん、知っていますよね？」

「ええ、知っています」

「誰ですか？」

「三宅亜紀子さんですよ」

「その三宅亜紀子さんという人は、どういう人ですか？」

田上が、わざとそんなことから、質問をぶつけた。

「去年の四月四日、妻の笠原由紀が、殺されました。その時、私は四国に行っていて、鳴門の渦潮の写真を、撮っていました。そのあと、たまたま、四国八十八カ所巡りの、第一番札所、霊山寺の前で、その日初めて、お遍路さんになったという女性を、撮影したんですが、その人が、三宅亜紀子さんですよ。つまり、私のアリバイを、証明してくれた人です」

「その三宅亜紀子さんと、あなたがはねて死亡させた、安藤君恵さんが、写真の中で、お遍路姿で、こうして並んでいるのは、どうしてだか分かりますか？」

「二人が一緒に、お遍路に、なったからでしょう？　四月四日にね」

「そうなんですよ。四月四日に、初めて、二人は、お遍路になって、第一番札所の霊山寺を出発するところだったんです。そこに、たまたま、あなたが来て、三宅亜紀子さんの、写真を撮った。その時には、隣には、同じお遍路姿の安藤君恵さんが、いないと、おかしいのですよ。それなのに、あなたは、四月四日には、三宅亜紀子さん一人しかいなかったと証言しています。どう考えても、これは、おかしいですよ」

「別に、おかしいことなんて、何もないでしょう？　私が、四月四日に、彼女の写真を撮った時には、間違いなく、彼女しかいなかったんだから」

「しかし、こうして、二人は、間違いなく、その時、一緒にいたんですよ。そうなってくると、ひょっとすると、あなたが、三宅亜紀子さんを撮ったのは、四月四日じゃなかったんじゃありませんか？　だから、その時は、彼女一人しかいなかった。どうです、違いますか？」

と、田上が、いい、さらに続けて、たたみかけるように、

「そうなると、あなたにとって、この安藤君恵さんという人は、邪魔に、なったんじゃありませんか？　もし、この人が証言してしまえば、あなたが、お遍路姿の、三宅亜紀子さんを撮ったのが、四月四日ではないことが、分かってしまいますからね。そうでしょう？」

「そんなこと、私は、知りませんよ」

「おそらく、安藤君恵さんは、このことを、知って、あなたを、強請ったんじゃありませんか？」

「私は、強請られたことなどないし、第一、安藤君恵さんという女性は、知らなかった

んですから」

「おかしいですね。十二月十日の夜、安藤君恵さんは、なぜか、あなたの家の近くまで、行っているんですよ。そしてそこで、あなたの車にはねられて、死んだのです。これは偶然ですかね？」

小笠原が、黙っていると、田上は、言葉を続けて、

「つまり、あなたが、安藤君恵さんを呼んだのでは、ありませんか？　彼女に、強請られたので、何とかして、彼女の口を、封じようと考えた。そこで、彼女に、家に来てくれといっておいて、自分の車に乗って、待ち構えていた。そこへ、何も知らない安藤君恵さんが、あなたから、お金が貰えるものと思って、いそいそとやって来た。そこを、あなたは、車ではねて、死なせたんだ。違いますか？」

「違いますよ」

「不思議ですね。あなたにとって、不利になる人がいた。その人の名前が、安藤君恵さん。彼女が証言すれば、四月四日のあなたのアリバイは、いとも簡単に、吹き飛んでしまう。そんな安藤君恵さんが、十二月十日の夜、車にはねられて、死んでしまった。しかも、その車を運転していたのは、あなただ。どう考えても、ただの交通事故とは、考えられないじゃありませんか？」

次に、田上検事は、お遍路姿をした、三宅亜紀子が、一人だけで、写っている写真を

取り出した。

「これは、あなたが、問題の四月四日に、徳島の鳴門に行き、第一番札所の、霊山寺の前で撮ったという、三宅亜紀子さんの写真です。間違いありませんね？」

「ええ、間違いありませんよ。私の大事なアリバイなんだから」

「この写真が、四月四日に、撮ったものだという証拠は、どこに、あるのですか？」

「それは、お遍路姿の三宅亜紀子さん本人の、証言ですよ。四月四日、霊山寺の前で、私に撮って貰ったと、三宅亜紀子さんが、証言してくれたから、完全な、アリバイになったんじゃないですか？」

「何回でも、繰り返しますがね。三宅亜紀子さんと安藤君恵さんは、同じような、境遇なので、二人で一緒に、四国遍路をしようと、話し合って、四月四日、第一番札所の霊山寺から、お遍路姿で、出発したんですよ。それなのに、あなたの写真には、三宅亜紀子さんしか写っていなくて、安藤君恵さんが、写っていません。つまり、四月四日に、撮ったという証明には、ならないんじゃないですか？　隣に安藤君恵さんが写っていれば、四月四日という証明に、なりますがね」

「しかし、これは間違いなく、四月四日に撮ったんですよ。三宅亜紀子さんが、そう証言してくれているんですよ」

「話は変わりますが、今回、あなたは、突然、五千万円という大金を、小切手にしましたね？　そして、その小切手を持って、徳島の鳴門に行った。何をしに行ったのですか？」

「私は、プロの、カメラマンですからね。写真を撮りに、行ったんですよ」

「何の写真を撮りに行ったのですか？」

「もちろん、鳴門の渦潮を、撮りたいし、最近は、こんなことをいうと、笑われるかも知れませんがね。世の中の無常というものを、感じるようになったので、お遍路さんの姿もまた撮りたいと思って、出かけたんです」

「じゃあ、五千万円もの小切手は、何のために持っていったんですか？」

「そんなことに、どうして、答えなければならないんですか？　私は、五千万円を、盗んだわけではありませんよ。銀行で作って貰い持っていっただけですよ」

「五千万円の使い道を、どうしても、話してくれませんか？」

「いいたくないのですよ。まったく個人的な理由ですから」

「そうですか。あなたは、五千万円の小切手を持って徳島の鳴門に行った。そして、向こうで、三宅亜紀子さんに、会っていますね？　これは認めるんでしょう？」

「ええ、それは認めますよ」

「どうして、三宅亜紀子さんに、会いに行ったんですか？」

「会いに行ったわけでは、ありません。彼女が、また、お遍路で回っていて、たまたま出会ったのです。四国へ行けば、もしかすると、そんな機会もあるかも知れない、と思ってはいたけれど、まったくの偶然です。しばらく話をして、四月四日のアリバイの証言を、してくれたことへの、お礼もいいましたが、それだけです」

「五千万円の小切手を、持っていったのも偶然ですか？」

「五千万円の小切手は、彼女とは、何の関係もありません。一万五千円は、渡しましたがね」

「しかし、アリバイの証言を、してくれたことへのお礼が、いいたかったんでしょう？」

「ええ、そうですよ」

「それで、三宅亜紀子さんと、会って、どうしたのですか？　どこかに、行ったんですか？」

「いいえ。私は、写真を撮るために、徳島や香川の名所や旧跡などを、回っていました。金比羅さんに行ったり、あるいは、金比羅さんの近くに、古い芝居小屋がありましてね。そこでたまたま、歌舞伎をやっていたので、それを、観たりしましたが、彼女とは栗林公園で会っただけで、すぐ別れましたよ」

「それだけですか？」

「それだけじゃ、いけないのですか？」

「五千万円の小切手は、どうしたのですか？　三宅亜紀子さんに、渡さなかったとすれば、その五千万円の小切手は、持ち帰ったわけですね、東京に？」

「いっときますが、五千万円は、私のお金ですよ。それを、どうしようと、私の勝手じゃありませんか？　それに、今回の事件とは、何の関係もないんですよ」

怒ったような声で、小笠原が、いった。

3

十津川も、この裁判に、興味のあるほかの人たちも、小笠原徹が、田上検事によって、追いつめられていくのを、感じていた。

もう一つ、傍聴席の人々が、感じたのは、島崎守という弁護士の、無能さだったかも知れない。

田上検事の強い質疑に対して、島崎守弁護士は、ほとんど、異議を唱えず、また、反論しようとも、しなかったからである。

「あなたは、三宅亜紀子さん一人に会うために、わざわざ、四国に行ったのですか？」

「いや、私は、写真家ですから、今もいったように、毎年のように、鳴門の渦潮を写し、それから、四国八十八カ所巡りのお遍路さんの写真も、写したかったからです。それに、栗林公園の写真も、撮りたかったし、また、金比羅さんの写真も、写したかったんです。ただ、その合間に、再びお遍路をしているという、三宅亜紀子さんに、偶然に会ったというわけです」

「四国まで、あなたは、自分の車を、運転して行かれたのですね？」

「ええ、そうです」

「おかしいですね。あなたは、去年の十二月十日に交通事故を起こして、免許停止に、なっていたんじゃありませんか？」

「確かにそうですが、それが解除になったんです」

「どうしてですか？」

「それについては、この事件とは関係がありませんが、必要ならいずれお話ししたいと、思っています」

小笠原は、変に謎めいた言葉を口にした。

4

この日も、相変わらず、島崎守弁護士は、ほとんど、反論らしいものをしなかった。

二日後の、第四回公判では、田上検事は、さらに、被告の小笠原徹を、追いつめるため、坂本みどり、二十六歳を証人に呼んだ。

以前、十津川たちが、小笠原の家に、話を聞きに行った時に出てきた、美人のお手伝いである。

「あなたの名前を、いってください」

「坂本みどりです」

「現在、何を、していらっしゃるのですか？」

「S大を卒業したあと、OLをやっておりましたが、現在は、無職です」

「あなたと、被告人の、小笠原徹とは、どんな、関係ですか？」

「小笠原さんから頼まれて、家事手伝いをしています」

「あなたについてですが、被告人の小笠原徹は、先輩のカメラマンが、奥さんが死んで、一人で困っているだろうから、知り合いの女性を手伝いに、行かせる、といってくれて、木内健作というそのカメラマンからの紹介で、あなたが、小笠原邸の、家事の手伝いに来ている。そういっているのですが、これは本当ですか？」

「いいえ、違います」

「どこが違うんですか？」

「私は、木内健作という人は、知りませんし、誰かから、行ってやれといわれて、小笠原さんの家に、家事をしに、通っているわけではありません」

「じゃあ、あなたは、いつから、誰の紹介で小笠原邸の家事を、手伝いに行っているのですか？」

「小笠原さんが、結婚されたあと、奥さんが有名な女優さんなので、しばしば、家を留守にするため、家事を、する者がいない。だから、時には、家に来て、掃除や洗濯、あるいは、食事を作ることを、やって貰えないか？　そうしたことを、小笠原さんご本人からいわれて、行くように、なったのです」

「小笠原徹が、そうした希望を、持っていることを、どうして、知ったのですか？」

「実は、私の兄が、出版社に、勤めています。小笠原徹さんが、奥さんのヘアヌードを撮り、その写真集を、出版した会社です。小笠原さんが、その出版社に来て、奥さんが忙しすぎて、あまり家にいないので、家事をやってくれる人が、欲しい。小笠原さんが、そういっていたのを、私の兄が聞いて、ちょうど、ＯＬを辞めて家にいた私を、小笠原さんに、紹介したのです」

「それは、今から何年前のことですか」

「一年半ほど前だったと思います」

「あなたが、時々、小笠原徹の家に、家事をしに行っていることを、小笠原徹の奥さんは、知っていたと思いますか？」

「それは、私には分かりません」

「どうしてですか？」

「当然、小笠原さんが、奥さんにも、きちんと話していると、私は思っていましたから」

「小笠原徹は、あなたのことを、奥さんにはまったく、いっていなかったんですよ。それで、奥さんは、あなたに対して、ヤキモチを焼くようになった。それが、今回の事件のそもそもの発端ですが、そういうことを聞いて、どう思いますか？」

「もし、私のことが原因なのでしたら、本当に、申し訳ないと思います」

「あなたは、なかなかの、美人ですね」

「ありがとうございます」

「今も、あなたは時々、小笠原徹の家に、家事をしに行っているわけですね？」

「ええ、そうです」

坂本みどりが、うなずいた時、島崎守弁護士は、やっと、

「異議あり」

と、いった。

「彼女は、今回の事件とは、何の関係もありません」

ただ、それだけの、反論だった。

これでさらに、小笠原徹の立場は、悪いものになってしまったと、誰もが思った。

今回の事件で、唯一、小笠原徹に、同情的な声があったのは、殺された妻の笠原由紀の、性格だった。

女優らしく派手で、男性関係にだらしがない。やたらに男が好きになってしまう。そのことが原因で夫婦仲が、悪くなり、ついには、それが、殺人事件にまで、発展してしまった。

だから、その原因は、小笠原徹にはなくて、結婚後も、女優を辞めようとしなかった笠原由紀にある。そういう同情の声も、あったのだが、ここに来て、坂本みどりという二十六歳の若い女性が現れ、結婚をしていた、小笠原夫妻のところに、家事手伝いに行っていたと証言した。

こうなると、夫婦関係が、悪くなったのも、小笠原徹が、その原因を作ったのではないのか？　そう考えられるようになったからである。

「これで、ほぼ決まりだな」

十津川が、いうと、亀井は、

「これで、小笠原徹の有罪が、決まれば、大下楠夫が、六年前の仇を討ったことになるんじゃありませんかね」

決めつけるように、いった。

5

第五回公判、ここで、島崎弁護士は、弁護側の証人として、なぜか、大下楠夫を法廷に呼んだ。

大下は、戸惑い、腹を立てているように見えた。

島崎弁護士が、証言台の大下楠夫に対して、

「まず、名前をいってください」

「大下楠夫です」

「職業は何ですか？」

「ノンフィクション・ライターです。何冊か、著書もあります」

「あなたは、しばしば、被告人の小笠原徹の悪口を書いたり、しゃべったりしていますが、どうしてですか？」

「それは、私が不正を、嫌っているからです。特に今回、去年の、四月四日、小笠原徹が、妻の小笠原美由紀を、殺したにもかかわらず、警察はなぜか、逮捕を、ためらっていました。そうしたことが、私は腹にすえかねて、小笠原徹を、糾弾する本を、出したのです。個人的な感情で、書いたのではありません」

「去年の十二月十日の夜、あなたは、どこにいらっしゃいましたか？」

島崎が、聞く。

「どうして、そんなことに、答えなければいけないのですか？　去年の十二月十日といえば、被告人が、安藤君恵を、車ではねて殺した日でしょう？　私には、関係がない」

大下は、憮然《ぶぜん》とした顔で、いった。

「関係がなければ、素直に、答えてくれませんか？　十二月十日の夜、あなたは、どこにいて、何をしていましたか？」

「自分のマンションに、いましたよ」

「本当ですか？」

「ええ、本当ですが、それが、どうかしたのですか？」

「それでは、これを、見ていただきましょうか」

島崎弁護士は、妙に芝居がかった口調で、いい、大きく、引き伸ばした一枚の写真を、取り出した。

「ここに写っているのは、驚いたことに、今、証言台に、立っている大下楠夫さん、あなたと、自動車事故で亡くなった、安藤君恵さんなんですよ。二人は、仲が良さそうに、握手をしていますよね。そして、この写真の場所なんですが、東急大井町《おおいまち》線の、等々力駅の改札口です。日時は、そこに出ていますが、十二月十日の、午後七時五分です。証言台の大下さんに、お伺いしますが、この写真に、写っているのは、大下さん、ご本人に、間違いありませんね？」

島崎弁護士が、聞く。

大下が、答えをためらっていると、裁判長が、

「どうしたんですか？　はいか、いいえで答えてください」

と、促した。

大下は、渋々、

「私に、間違いありません」

「あなたが握手をしている相手ですが、この女性は、安藤君恵さんに、間違いありませんね？」

「そうらしいですね」

と、不承不承、大下が、うなずく。

「そうらしいではなくて、安藤君恵さんではありませんか？」

「そうですね」

「実は、この場所で、引ったくりが、続けて何件も起きたので、東急電鉄が、防犯のために、この場所に、監視カメラを設置したんですよ。たまたま、その監視カメラに、大下さんと、安藤君恵さんの姿が、映っていたというわけですよ。さらにいいますと、こ

こから、道をまっすぐ、南に向かって進むと、安藤君恵さんが、交通事故で亡くなった現場に、着きます。そのさらに先に、被告人、小笠原徹さんの家が、あるわけです。大下さんに、伺いますが、大下さんは、以前から、安藤君恵さんのことを知っていたのですか？　この写真を見ると、親しそうに、握手をしていますから、以前から顔見知りだったとしか、思えないのですが、その点は、どうなんですか？」

「知っていましたよ」

「どうしてですか？」

「私は、小笠原が、奥さんを、殺したに違いないと、確信していましたからね。アリバイは、全部作られたものだろうと、そう思っていましたから、アリバイの日と、アリバイを、証言した三宅亜紀子さんについて、調べていたら、友達の安藤君恵さんのことも、知ったんですよ。それで、安藤君恵さんに、会ったら、四月四日には、自分と一緒に、お遍路をした三宅亜紀子さんは、小笠原には、会っていないはずだ、そう、証言してくれましてね。そういうことで、私は、安藤君恵さんのことを、知っていたんです」

「その安藤君恵さんと会って、等々力駅の前で、握手をしているというのは、どういうわけですか？」

「単なる偶然ですよ。私は用があって、等々力駅で、降りたら、たまたま、駅の前で、安藤君恵さんに会ったんです。安藤君恵さんは、おそらく、小笠原に、呼ばれてきたたんでしょうね。このあと、小笠原の車に、はねられるとも知らずにです」

「とすると、ここで、大下さんは、安藤君恵さんと、別れたわけですか？」

「ええ、そうです。別れました」

「おかしいですね」

「何がおかしいのですか？」

「これから、そのおかしいところを、ご説明しましょう」

島崎弁護士は、今度は大きな地図を広げた。

「これは、安藤君恵さんが、車にはねられて亡くなった現場付近の、地図を、大きくしたものです。その事故現場には、×印がつけてあり、ほかに、等々力駅、それから、小笠原徹の家の場所なども、明記してあります。そして、ここに、等々力二丁目に住む、丹野真喜子《たんのまきこ》さん、六十歳という女性がいます。家庭の主婦で、この十二月十日の夜、丹野さんも、同じ時刻に、等々力駅で降りて、家に向かって歩いていったのですが、その時、自分の前方三メートルぐらいのところを、現場に向かって歩いていく男女が、いたと、証言しています。丹野さんの話によると、男のほうは、女性の肩に、手を回すようにして、ひどく、親しそうな様子で、何か、話していた。だから、ご夫婦なのかなと、思っていたそうです。そして、現場付近に来たところで、道路を渡るのかと思って、見ていたら、その二人は、道路の端の電柱のところで、立ち止まり、何かをじっと待っているようだった。いったい、何を待っているのだろうかと思って、不審に感じたのだが、そのまま、家に帰ってしまった。その直後に、あの付近で、道路を横断中の女性が、車にはねられて、死んだというニュースを聞いたと、丹野真喜子さんは、いっているのですよ。交通事故の現場付近で、何かを待ち構えているかのような、二人というのは、大下さん、あなたと、安藤君恵さんなんですよ。そうですね？」

「デタラメだ。私は、そんなところには、行っていない」

「実は、丹野真喜子さんに、あなたのことを遠くから、見て貰ったんですよ。そうしたら、十二月十日に、見たカップル、その男性のほうに、間違いないと証言しているんですよ。どうです、大下さん、あなたは、十二月十日の夜、あそこに、行きましたね？事故現場の近くですよ。そして、その時一緒にいたのは、安藤君恵さんでしょう？」

「私は知らない」

「否認するんですか？」

「暗かったから、私の顔が分かるはずがない」

と、大下は、怒鳴ってから、しまったという顔になった。

島崎弁護士の顔に、微笑が浮かぶ。

「どうして、あの辺が暗かったと分かるのですか？」

と、皮肉をいってから、

「これで質問を終わります」

6

次の公判でも、島崎弁護士は、大下楠夫を、証人として呼んだ。

「大下証人に、伺いますが、現在、被告人の小笠原徹とは、犬猿の仲というように、いっていますが、数年前は、仲が良かったのではありませんか？」

島崎が、聞く。

「そんな昔のことは、覚えていない。とにかく、今は、どこの誰よりも、嫌いな男だよ」

「今から六年前の十月、あなたは、小笠原徹さんと、もう一人、新人女流作家の、本名、田村恵子、ペンネーム、村田けいの三人で、取材のために、徳島に行きましたね？　これが、その時に一緒に行った女流作家、村田けいさんの写真です」

島崎は、大きなパネル写真を、取り出して、そこに置いた。

「村田けいさんは、ご覧のように、大変な美人です。才色兼備の典型的な女性といってもいいでしょう。この彼女を、小笠原徹さんも大下楠夫さんも、好きになってしまった。いわゆる三角関係ですね。この三角関係のまま、三人で、鳴門の渦潮の、取材に行ったんじゃないですか？」

「それは、被告人の、小笠原に聞きたまえ」

「もう聞いてあります。小笠原さんは、間違いなく、六年前の十月に、三人で、渦潮を取材に行ったと、認めています。大下さんにもお聞きしますが、間違いありませんね？」

「ああ、間違いない」

怒ったように、大下が、いった。

「ところが、その、十月四日、三人で鳴門の渦潮を見る鳴門うずしお観潮船に、乗っていた時、この新人女流作家の村田けいさんが、船から転落して亡くなってしまった。そのことは、もちろん覚えていますね？」

「あれは、小笠原が突き落としたんだ」

大下が、大声を出した。

「どうして、そう思ったのですか？」

「だって、ほかに、考えようがないじゃないか？　あの頃、わたしのほうが、小笠原よりもずっと、有名だった。村田けいは、明らかに私に惚れていた。小笠原にしてみれば、それが悔しくて、仕方がなかったんだろうね。鳴門の取材の途中でも、やたらに、モーションをかけていたが、どうも、うまくいかなかったらしい。船の中でも、小笠原は、村田けいに、盛んにいい寄っていた。ところが、はねつけられたので、カッとなって、彼女を、海に突き落としたんだ」

「しかし、証拠は、ありませんよね？」

「証拠があろうがなかろうが、小笠原のほかに、犯人はいないんだ」

決めつけるように、大下は、いった。

「それでずっと、現在まで、被告の小笠原徹を、恨んできたのですか？」

「当然だろう。人を一人、殺しているんだ。それも、あんなに、若くて、才能があって、美しかった女性を、殺しているんだからな」

「それで、あなたは、小笠原徹を何とかして、妻殺しの犯人にしたいのですか？」

「犯人に、したいんじゃない。彼が、奥さんを殺したんだ。それは、間違いのない真実なんだよ」

「証拠はありませんよ」

「証拠はないが、犯人でもない人間が、五千万円もの大金を、アリバイを証言してくれた証人に与えて、自分に有利な、証言を頼んだりするか？　五千万円だぞ」

大下は、怒鳴った。

「その五千万円ですが、何に使われたのか、大下証人は、ご存じのはずですが」

「ああ、知っているさ。アリバイ証人に、五千万円を渡したんだ」

「本当に、そう、思っていらっしゃるのですか？」

「ああ、思っているとも」

「おかしいですね」

「何がだ？」

「六年前を思い出して貰えませんか？　六年前、三人で、鳴門に取材に行った。そして、村田けいさんが死んでしまった。死因が不審だというので、どこの寺でも、葬儀を引き受けてくれなかった。そのなかで、四国八十八カ所の第一番札所の霊山寺が、快く、村田けいさんの葬儀をやってくれた。そのことは、覚えていらっしゃいますよね？　そして、今度、その霊山寺が、本堂を、修復することになった。それで、小笠原徹さんと、大下楠夫さん、あなたとで、応分の、寄付をしようじゃないかと相談したんじゃ、なかったんですか？　それで、金額を五千万円に決めた。ところが、大下さん、あなたは金策が、うまくいかなかったので、小笠原徹さんが、二人分の五千万円を用意して、今回、霊山寺に、寄付してきたんですよ。被告人の小笠原徹さんが、五千万円の使い道について、固く口を閉ざしてきたのは、六年前の事件を、思い出すのは、お互いにイヤだったからです。とにかく、六年前、二人にとって、愛すべき、女流作家だった村田けいさんが、不審な死に方をした。そのことには、ずっと触れないでおこう。二人でそう誓い合っていたから、五千万円についても、小笠原徹さんは、ずっと黙っていたんですよ。それなのに、あなたは、何としてでも、小笠原さんを、妻殺しの犯人として、有罪にし、刑務所に、送りたいんですか？　そんなにも、六年間ずっと、あなたは、小笠原さんを、憎み続けてきたのですか？」

島崎弁護士が、そういうと、突然、大下楠夫は、証言台に、崩れ落ちてしまった。

一瞬、法廷内が、シーンとなった。

しばらくの静寂があったあと、証言台で、大下楠夫は、ゆっくりと、立ち上がると、まっすぐ裁判長に向かって、

「私が殺したんです」

と、大声で、いった。

「殺したって、誰を、殺したんですか？」

裁判長が、聞く。

「小笠原の奥さんをですよ。何とかして、私は、小笠原を、刑務所に送ってやりたかった。だから、四月四日、彼が、取材旅行に行くのを見計らって、彼の家に、忍び込み、バスルームでシャワーを使っていた奥さんを殺したんですよ。そして、小笠原徹が、妻殺しの罪で、刑務所に入れられればいい、そう思っていたんです」

「それは、本当ですか？」

「ええ、本当です。本当ですよ」

また大声で、大下が、叫んだ。

一瞬の静寂のあと、傍聴席から、そこにいた何人かの新聞記者が、法廷の外に、ドッと飛び出していった。

7

十津川は、少し遅れて、警視庁捜査一課で、このことを知った。最初は、信じられなかった。間違いなく、この裁判は、検察側が、有利で、小笠原徹の有罪判決が出て、それで決着するだろうと、思っていたからである。

「驚いたね」

それが、十津川の最初の感想だった。

「私も驚きましたが、やはり、事件の根は、六年前の、村田けいという女流作家の死にあったんですね。ですから、私たちが、六年前の事件を調べていたことは、間違いでは、なかったんですよ」

と、亀井が、いった。

「これから、どうなるんですか？」

西本刑事が、聞く。

「もちろん、小笠原徹は無罪で、改めて、大下楠夫を、女優、笠原由紀殺害の容疑で、逮捕することになる」

と、十津川は、いった。

前々からのことがあるので、新しい捜査も十津川が指揮を執ることになり、玉川《たまがわ》警察署に、捜査本部が設けられた。

そして、大下楠夫が、正式に、笠原由紀殺しの容疑で逮捕され、捜査本部に、連行された。

大下楠夫が、あまりにも、憔悴《しょうすい》しきっているので、十津川は、彼が自殺するのではないかと心配した。

「取り調べは、すぐには、始めないで、ゆっくり時間をかけて、大下を休ませてから、することにしよう」

と、十津川は、いった。

その間も、大下が自殺することを、心配して、十津川は、ずっと見張りをつけ、監視を続けさせていた。

二十四時間経ち、大下楠夫が、やっと、落ち着いたので、十津川は亀井と二人、取調室で、大下楠夫の、訊問をすることになった。

「正直にいうと、私も、今回の事件は、小笠原徹の有罪で、終わるだろうと、思っていたんですよ」

十津川が、大下に向かって、いうと、大下は、黙って、小さく、笑っただけだった。

「しかし、六年間も、あなたはずっと、小笠原徹のことを、憎み続けてきたんでしょう？　何とかして、彼を刑務所に放り込んでやろうと考えていた。六年間もね。ずいぶん、長かったんじゃありませんか？」

亀井が、聞いた。

「長かったといえば長かったし、短かったといえば、短かったですよ」

と、大下が、いった。

「どうしても、あなたが、犯人という気がしないのだが」

十津川が、いうと、大下は、寂しそうに笑って、

「私が、突然、自分が、犯人だといったからでしょう？　私だって、こんなふうになるとは思わなかった」

「あなたは、今でも、六年前、村田けいさんを殺したのは、小笠原徹だと、思っているんですか？」

亀井が、聞いた。

すぐには、返事がなくて、間を置いて、

「こうなったら、もう、六年前のことは、どうでもよくなりましたよ。これから私は、

刑務所暮らしですからね。刑務所の中で、いろいろと、考えるかも知れませんがね」

「大事なことを、一つだけ、聞きますよ。小笠原徹の奥さんにして、女優の、笠原由紀さんを、殺したのは、本当に、あなたですか？」

十津川が、聞いた。

「もちろん、私が殺しました。小笠原を犯人に仕立てて、刑務所に、送ってやろうと思ってね。しかし、悪いことはできませんね。私が、刑務所に行くことに、なってしまった」

そういって、大下楠夫は、また小さく笑った。これは、おそらく、自嘲だろう。

「具体的に、お聞きしましょうか？　去年の四月四日、あなたは、小笠原徹さんの家に忍び込んで、バスルームで、シャワーを浴びていた笠原由紀さんを殺した。もう一度、確認しますが、間違いはありませんね？」

「間違いありませんよ」

「その日、小笠原徹さんがいないことは、知っていたんですね？」

「ええ、知っていましたよ。そういうことは、すぐ分かるんです。彼が、鳴門の渦潮の写真を撮りに行くことは、前から、知っていました」

「四月四日の何時頃、あの家に、忍び込んだんですか？」

「暗くなってからだから、おそらく、午後六時頃じゃなかったですかね」

「市販のサバイバルナイフを、使ったんですね?」

「そうですよ。小笠原が、そのナイフを持っていることは、知っていましたからね。それで、同じ物を、買ってきて、あの家に忍び込んだのです」

「前にも、小笠原さんの家には、行ったことがあったんですか？」

「もちろん、ありますよ」

「しかし、仲が悪かったんじゃありませんか？」

「それはそうですが、あまりにも、仲が悪いことが強調されて、小笠原に、警戒されては困るので、表面上は、彼とつき合うことにしていましたから、何回か、あの家には、行っていたんです」

「その時、被害者の笠原由紀さんは、バスルームでシャワーを使っていた。忍び込んだ時、そのことは、分かりましたか？」

「ええ、分かりました。一階の隅にバスルームがあって、そちらのほうで、シャワーの音がしていましたからね」

「笠原由紀さんのことも、前から、知っていたのですか？」

「ええ、もちろん知っていましたよ。有名な女優だし、彼の家に、遊びに行った時、何回か会っていましたからね」

「それでは、殺すのに、躊躇《ちゆうちよ》は感じませんでしたか？」

「感じませんでしたね。元々、笠原由紀という女優は、好きじゃ、ありませんでしたから」

「小笠原さんの夫婦仲が、あまり、良くなかったということは、知っていましたか？」

「もちろん、知っていましたとも。だから、奥さんを殺して、小笠原を、妻殺しの容疑で刑務所に送ってやろうと、思ったんですよ。仲が良かったら、殺人の動機には、なりませんからね」

「それから、あなたは、小笠原徹さんの、アリバイを崩すことに、必死になった。そうですね？」

「ええ、その通りです」

「しかし、あなたが、笠原由紀さんを殺したのは、去年の四月四日でしょう？　そして、あなたが、しきりに、犯人は、夫の小笠原徹だといい出したのは、今年に、なってからですよね？　どうして、一年間も、間が空いたのですか？」

「事件のすぐあとだったら、彼にアリバイがあるとなると、そのアリバイが、はっきりしているじゃありませんか？　一年も経てば、そのアリバイも、曖昧になってくる。例えば、小笠原のアリバイを、証言した人だって、一年前の記憶が、曖昧になってきますからね。それで、その一年間、私は、彼のアリバイがどんなものか、そして、どこが、あやふやなのか、そうしたことを必死になって、調べたんですよ。だから、一年経ってしまったんです。その間に、あなた方、警察が、彼を妻殺しの容疑で逮捕してくれていれば、私が何も、苦労することは、なかったんだ」

「安藤君恵さんを、小笠原徹さんに、車ではねさせて殺した。あれも、つまり、アリバイに絡んでのことの一つだったんですね？」

「そうですよ。あれには、ちょっと、苦労しましたよ」

「裁判では、あまり、はっきりしませんでしたが、あの日、安藤君恵さんと、等々力の駅で会って、現場まで、連れていった。そうしておいて、小笠原徹さんの、ポルシェを見て、安藤君恵さんを、突き飛ばしたのですか？」

「まあ、そんなところですよ。小笠原が、息抜きに、よく、愛車のポルシェを夜、飛ばすというのを聞いていましたからね。うまくはいかないかも知れないと、思っていたんですが、うまくいって、彼の車にはねられて死んでしまった。矛盾するようだが、これで、アリバイに不利な証言をする証人を、彼が殺した。小笠原の罪を深めることになった。そう思いましたね。しかし、監視カメラが、等々力の駅前に、設置されているとは、まったく、知りませんでしたね。考えてみると、私の計画も、かなり杜撰《ずさん》でしたよ」

大下楠夫は、また笑った。

「この件で、一つだけ、お聞きしたいのですが、あなたは、安藤君恵さんが、死ぬことに、いや、死ぬかも知れないことに、戸惑いはなかったのですか？　彼女を平気で、突き飛ばしたのですか？」

　亀井が、聞いた。

「多少の心の痛みは、ありましたけど、正直いって、それほどの、躊躇《ためら》いはありませんでしたね」

「どうしてですか？　私には、そこが、分からない」

「正直にいいますとね。安藤君恵という女性は、大変悪い女なんですよ」

「どんなふうに、悪い女なんですか？」

「あの日、十二月十日の夜、安藤君恵が、どうして、喜んで、等々力に来て、私と会ったと思いますか？　私と話している間に、彼女は、アリバイの件で、小笠原を脅せば、金になると、思ったんですよ。そのあと、私と会ったり、あるいは、電話で、打ち合わせをする度に、いくらぐらい貰えるか、そのことばかり、いっていたんです。一千万、二千万、ひょっとすると、小笠原は女優笠原由紀の財産を、手に入れたのだから、一億円ぐらい吹っかけても、大丈夫か、そんなことばかり、話していたんですよ。だから、あの日も、金に釣られて、等々力に来たんです。そんな女だから、あまり、心の痛みは感じませんでしたね」

「しかし、小笠原さんの車ではねられても、確実に死ぬとは、限らないでしょう？　もし、怪我だけで、済んだら、どうしようと、思っていたのですか？」

「そうしたら、余計に、小笠原の容疑が、濃くなるじゃありませんか？　アリバイの件で、安藤君恵に、脅かされていたから、殺そうとした。それが、うまくいかなかったということに、なりますからね。安藤君恵にだって、私は、軽くはねられたらいいと、そういって、おいたのです。少しでも、怪我をすれば、その怪我をネタに、脅かせばいい。そうすれば、五千万円だって、一億円だって、好きなだけ、手に入る。そういって、けしかけたんですよ。だから、私が、突き飛ばしたというよりも、安藤君恵が、自分のほうから、小笠原の車にぶつかっていった。そういったほうが、正しいと思いますね。私が突き飛ばそうと思った時には、もう、彼女、必死で、車に、ぶつかっていったんですから。たぶん、そうして、怪我をして入院して、五千万円か、一億円を、手に入れようと思っていたんじゃありませんか？」

「車に乗っていた、小笠原さんは、現場に、あなたが、いたことに気がついていたでしょうか？」

十津川が、聞くと、大下は、首を横に振って、

「気がついていなかったと、思いますよ。私はすぐ、消えてしまったし、人をはねた時は、誰の仕業かなんて、そんなことは、まず考えないものですからね」

一日目の、訊問が終わったあと、十津川は、大下楠夫に、コーヒーを勧めてから、

「私は、あなたが今、どんな気持ちで、いるのかを、知りたいのですよ。今、どう思っ

ているのですか？　失敗したなあと、思っているのですか？」

　十津川が、聞くと、大下は、コーヒーをかき混ぜていたスプーンを止めて、

「正直にいって、自分でも、分かりませんね。こうなったことに、後悔しているかと聞かれれば、一応、後悔していると、いいますがね。六年間、ずっとやって来たことには、後悔は、していませんよ。それが、私の生き甲斐《がい》でしたから」

　と、いった。

第七章　愛と死の代償

1

東京地裁は、被告人、小笠原徹に対して、妻の、笠原由紀こと、小笠原美由紀殺害に関して、無罪の判決を、下した。

検察側は、別に不服を、唱えなかったし、控訴も、しなかった。というのも、小笠原徹は無罪になったが、代わりに、大下楠夫という真犯人が、見つかり、彼が起訴されれば、同じような裁判が、始まるからだった。

十津川は、数日おいて、二人で、亀井と二人、小笠原徹を、訪ねていった。ちょうど、坂本みどりが来ていて、二人で、旅行の支度をしているところだった。

「どこか旅行にお出かけですか？」

十津川が、丁寧に、聞いた。小笠原は、荷造りの手を止めて、

「イヤな思いは、早く忘れたいので、彼女と二人でハワイに行って、のんびりしてこようと、思っています」

「いつご出発ですか？」

「明後日《あさって》の、午後の飛行機で、出発しようと思っています」

と、小笠原は、いってから、

「私は、無罪の判決を受けました。だから、警察の方とも、もう、関係がないと思いますが」

「今回、真犯人の、大下楠夫を逮捕しました。この男のことを、友人だったあなたに、お聞きしようと、思いましてね。それで、伺ったんです」

途端に、小笠原は、苦虫を、嚙みつぶしたような顔になって、

「あの男のことは、もう、何も考えたくないし、話したくもない。もう、勘弁して貰えませんか？」

「しかし、六年前までは、仲が良かったんじゃ、ありませんか？」

十津川が、切り返した。

「いや、別に、仲が、良かったというわけじゃありませんよ。ただ単に、仕事上で、つき合いがあった。それだけのことですよ。友達だったわけじゃ、ありません」

「確か、大下楠夫の連載記事に、あなたの写真が、使われた。そういう、仕事上の関係

でしたね?」

「そうですよ。ほかには、何もありません」

「しかし、六年前、村田けいという女流作家が取材で、鳴門に行くのに、あなたと大下楠夫は、二人で、ついていったわけですよね? 二人とも、その若い村田けいが好きだったと、聞いているのですが、これは本当ですか?」

「彼女も死んでしまったし、もうその話は、よそうじゃありませんか」

「ちょっとお聞きしたいのですが、その美人で、若い女流作家の村田けいさんは、鳴門のうずしお観潮船に乗って、その観潮船から海に落ちて死んだ。未だに、この事故は、解明されていませんよね? あなたは、大下楠夫が、突き落としたと思っているし、大下楠夫のほうは、あなたが、突き落としたと、ずっと主張してきた」

「僕が突き落とすはずが、ないでしょう。大下が、勝手に思い込んでいて、僕のことを、憎んでいただけなんですよ」

「あなたが、突き落としたのではないとすると、突き落としたのは、大下楠夫のほうですか?」

「私には、分かりませんよ。向こうの警察が調べたが、結局、結論が出なかったんですから」

「しかし、大下楠夫は、あなたが、村田けいさんを突き落としたと思い込んで、この六年間ずっと、あなたのことを、恨み続けてきた。そんな大下の思いが、今度の事件に発展したわけですよね？　大下楠夫というノンフィクション・ライターは、恨み辛みを、六年間も、持ち続けるような、そういうタイプの、男なんですか？」

「僕は、被害者ですから、何もいえませんけどね。刑事さんが、彼に会って、直接聞いてみたら、どうなんですか？」

「実は、大下楠夫を、殺人事件の容疑者として、すでに逮捕して、訊問を始めているのです」

「それなら、改めて、僕に、聞く必要はないじゃないですか」

「いや、それがですね。訊問をしているんですが、ところどころ、分からない点が、ありましてね」

「だからといって、僕に聞いても、仕方がないでしょう。大下が、僕のことを、一方的に恨んでいて、僕の家内を、殺した上、僕をその犯人にしようとした。それだけの話ですからね。すべて、あの男がやったことなんだから、彼に聞いてください」

「もちろん、聞いているんですが、それでも、分からないことが、あるんですよ」

「何が分からないんですか？」

「大下楠夫という男ですが、六年間もずっと、一人の男、つまり、あなたを恨み続けて、五年後には、あなたの、奥さんを殺して、つい最近まで、あなたを、犯人に仕立て上げようとしていた。しかし、あの男は、それほど、粘着質の男とも、思えないんですよ」

「しかし、六年間、僕を恨み続けて、挙げ句の果てに、僕の家内を、殺した上、僕を犯人に仕立てようとしたんだから、恐ろしい男なんですよ」

「確かに、そうなんですけどね。六年前に、鳴門で死んだ村田けいという女性ですが、写真で見ると、確かに、大変な美人ですよね。その上、作家としての、才能もあるとすると、いわゆる才色兼備の女性というわけですね。当然、あなたも、彼女に惚れていたんでしょう？　その点は、どうなんですか？」

「あれから、もう六年も、経っているんですよ。確かに、あの頃、僕は、村田けいが好きだった。しかし、もう昔のことですよ」

「大下楠夫は、その村田けいという美人作家を、あなたが、殺したと思い込んで、六年間、恨み続けてきた。ということは、彼も六年前、村田けいのことが好きだった。つまり、そういうことに、なりますね？」

十津川が、聞くと、小笠原は、苦笑して、

「そういうことは、僕に聞くより、本人に聞いたほうが、いいんじゃありませんか？」

「しかし、どうして、大下楠夫は、あなたが、村田けいを船から突き落として殺したと、思い込んでいたんですかね？　何か、証拠でも、あったんですか？」

「それは、彼の、勝手な思い込みですよ。あの男は、証拠もないのに、僕が、彼女を海に突き落として殺したと、ずっと、思い込んでいるんですよ」

「しかし、あの船の構造から見て、渦潮を見物していて、海に落下するようなことは、考えられない。そのことは、実際に向こうに、行って調べましたから、分かっています。誰かが彼女を突き落としたことになってしまうんですよ」

「あるいは、彼女が、身を乗り出しすぎて、それで、落ちたのかも知れませんよ。そういう、可能性もありますから」

「なるほど、身を乗り出してですか。確かに、そういうことも、あり得ますね」

「マンションのベランダから、落ちる子供もいるんですが、大抵身を乗り出していて、落ちているんです」

「確かに、身を乗り出しすぎて、それで落ちたのかも、知れませんね」

「そうですよ。それでいいじゃありませんか？」

「現在、われわれが大下楠夫の、訊問に当たっているのですが、遠からず、起訴して、裁判ということになるわけです。あなたは、裁判を、傍聴されますか？」

「いや、今のところ、そういうつもりは、まったくありませんね。裁判の時には、海外に行っていると、思います。何回でもいいますが、今度の事件も、あの男のことも、思い出したくないし、考えたくも、ないんですよ」

「しかし、大下楠夫の、弁護士が、あなたを、証人として、呼ぶかも知れませんよ」

十津川が、いうと、小笠原は、エッという顔になって、

「いや、そういうことは、ないと思いますよ」

「どうしてですか？」

「僕が捕まって、裁判になった時、僕は、家内を、殺していないと、主張しました。だから、検事は、いろいろと、証人を呼んで僕が殺したと証明しようとした。しかし、今回、大下は、殺人を、否定しているわけではないんでしょう？　僕の家内を殺したことを、認めているわけでしょう？　それなら、別に、僕を証人として、呼ぶことはないと、思いますが」

「今のところは、そうなんですがね。大下の気が変わって、自分は、あなたの奥さんを、殺していない。殺したのは、夫のあなただと、また主張するかも知れません。そうなると、大下の弁護士は、あなたを、証人として呼ぶ可能性がありますよ」

「しかし、今度の、裁判のなかで、大下は、島崎弁護士の誘導尋問に、引っ掛かって、僕の家内を殺したことを、告白したじゃありませんか？　あの告白は、みんなが、聞いているんですよ」

「確かにそうですがね、裁判というのは、何が起こるか、分からないものですから」

と、いってから、十津川は、持ってきた一冊の本を、小笠原の前に、置いた。

「この本は、ご存じですよね？　二年前、名古屋《なごや》で、起きた大地震の被災地に、大下楠

夫が乗り込んでいって、惨状を、ルポした、その本ですよ。タイトルは『大地は怒る』で、そこには、何枚もの写真が、載っているのですが、その写真は、あなたが、撮ったものですよね？　写真撮影、小笠原徹と、なっていますから」

「ええ、そうですよ。僕が撮った写真が、使われました」

「本の中で、大下楠夫は、あなたと一緒に、被災地に入ったと書いていますよ。仲の悪かった二人が、どうして、二年前の、この時には、一緒に被災地に行って、彼が文章を書き、あなたが、写真を撮ったんですか？」

と、十津川が、聞いた。

「ああ、これは、この本を、出した出版社に頼まれて、それで、一緒に行ったんです。仕事ですよ、仕事。それに、僕は、あの男が、その時は、四年前に起きた事件に、なるわけですが、そのことで、ずっと、僕のことを、恨み続けていたなんて、まったく気づきませんでしたからね。だから、仕事なので、行ったのです。それだけの話ですよ」

「仕事だから、別にこだわりもなく行った。つまり、そういうことですか？」

「ええ、そうですよ。それに、今もいったように、あの男がずっと、僕のことを、恨み続けていたなんて、知りませんでしたからね。彼は、この本について、どう、いっているんですか？」

「この時も、彼の言い分によれば、どこかに穴でも開いていたら、あなたを突き落としたいと、そう思っていたようですよ」

「やっぱりね」

「この時、そんな彼の怒りを、感じませんでしたか？」

「感じませんでしたね。僕は、被災地の写真を撮るのに必死で、あの男の顔色なんて、見ていませんでしたから」

「もう一つ、聞いて構いませんか？」

「何ですか？　あの男のことなら、これ以上、話すことは、ありませんよ」

「裁判の時に、あなたが選んだ、島崎という弁護士のことなんですよ。どうして、あの弁護士を選んだのですか？　あの弁護士さん、ずっと、負け続けていた弁護士でしょう？　それまでに、八戦八敗だったと思うのですが、なぜ、そんな弁護士を選んだのか、それが、不思議だったのですがね」

「島崎弁護士が、八戦八敗というのは、途中で、聞いたのですよ。しかし、すでに、お願いしてしまったあとなので、今さら、断ることができなかったんです。それに、僕は、今度の事件で、初めて、自分が、法廷に立たされた。それまでは、弁護士を必要とする事件などに、出会ったことは、なかったんです。だから、弁護士のことも、何も知らなかった。とにかく、五十代の弁護士さんなら、脂が乗り切っているから、上手《うま》く、弁護してくれるだろう。そう思って、島崎弁護士に、弁護を、依頼したんですよ」

「実は、私は、こちらの、亀井刑事と、時々、公判を、傍聴しに行っていたんです。やはり、気になりましてね」

「あなたが、僕を、逮捕して、起訴したんだから、それは、気になるでしょうね」

「その時、感じたんですが、島崎弁護士が証人に対して、何かをいおうとするのを、あなたが、抑えていることがあった。亀井刑事もいっていたのですが、被告人の、あなたのほうが、いちいち、弁護士に、何かを、指図をしているような気がした。私も、そう感じたんですが、これって、当たっていますか？　あなたのほうが、弁護士に、指示を与えていたということですが」

「そんなことは、ありませんよ。もちろん、被告人ですから、まずいなと、思えば、弁護人に相談しましたけどね。僕が弁護士に、指図をしたなどということは、ありません」

「そうですか、本当に、ありませんか？」

「ええ、ありませんよ。それに、結局、僕は無実の判決を、受けたのだから、あの島崎弁護士は、優秀な、弁護士だったんですよ。だから、僕には見る目があった。そういうことじゃありませんか？」

　小笠原は、初めて、ニッコリと、笑った。

2

「小笠原に会った感想を聞きたいね」

十津川が、署に戻ってから、亀井に、いった。

「うらやましいですよ」

「何が、うらやましいんだ？」

「だって、小笠原は、明後日から、あの坂本みどりという女性を連れて、ハワイに、行くわけでしょう？　大下楠夫の裁判の間、小笠原は、ハワイに、いるつもりなんじゃありませんか？」

「たぶん、そうだろうね。今は、大下楠夫のことなんか考えたくないから、ハワイに行く。そういっていたからね。でも、カメさん、それだけかね？」

十津川が、不満そうに、いった。

「警部は、何か、引っ掛かったんですか？」

今度は、亀井が、聞く。

「私が引っ掛かったのは、小笠原徹が、明後日から、坂本みどりを、連れてハワイに行ってしまうということなんだ。大下楠夫の裁判が始まっても、日本には、いないと、小笠原は、いっていた」

「私は別に、そのことについては、何も、引っ掛かりません。ひどい目にあったんだから、気晴らしに、女性と二人でハワイに行ってこよう。その気持ち、よく分かりますよ」

「大下楠夫の、裁判の時にも、日本には、いないといっていた。それも、分かるかね？」

「よっぽど、大下楠夫のことを、考えたりするのが、イヤなんでしょう。だから、同じ日本にいたくない。彼が、そんなふうに、思うのも、無理はないと、思いますよ。もともと、大下楠夫とは、友人だったわけですよ。それが六年前の事件で、おかしくなって、六年間ずっと、大下楠夫は、小笠原のことを、恨んでいた。たぶん、小笠原は、大下が、そこまで自分のことを恨んでいるとは、思って、いなかった。それで今、呆《あき》れているんじゃないでしょうかね？　だから、大下楠夫の裁判が、終わるまで、日本にいたくないという気持ち、私にも、よく分かりますよ」

亀井は、十津川がそのことに、引っ掛かるというのが、不思議だという顔をしている。

「いいかね、大下楠夫という男は、六年間、小笠原徹のことを、恨み続けてきた。そして、小笠原の奥さんを、殺して、その罪を小笠原徹に、なすりつけようとして、失敗してしまった。二年前には、二人で一緒に、本を、作っているんだ。大下が、文章を書き、小笠原が、その本に載せる、写真を撮った。その時でさえ、大下は、小笠原を憎み、恨み続けていたことになる。大下は失敗して、裁判で、自分が、小笠原の奥さんを、殺してしまったことを、自供しているが、何といっても、六年間も憎み続けてきた、男だからね。自分が被告になったら、本当は、自分は、小笠原の奥さんを、殺していない。殺したのは、やっぱり、小笠原徹だと、主張するだろう。それなのに、小笠原は、あの男の顔を、見たくないからといって、その時には、国外に行っていると、いっているんだ」

「確かに、大下は、しつこい男ですから、公判になったら、自分は無実で、奥さんを殺したのは、小笠原だと、主張する可能性は、大いにありますね。しかし、小笠原が、大下のことは、顔を見たくない、声も聞きたくないといって、裁判の時、海外に行っていたいという気持ちも、分からないでもありません」

「私にも、その気持ちは、分からなくはない。しかしね、少しばかり不思議だとは思わないか？　小笠原は、大下のために、痛い目にあった。最後になって、やっと、裁判で勝ったが、下手をすれば今頃、有罪判決を受けていたところだよ。ところが、今日、カメさんと二人で、小笠原に会って、いろいろと話を聞いている時、彼は、こういったんだよ。今回の裁判で、大下は、自分から、小笠原の奥さんを殺したと自白した。だから、次の裁判でも、大丈夫だ。裁判の間、国内にいなくても、大丈夫だから、ハワイにでも行ってくる。小笠原は、そんなことを、いったんだよ」

「確かに、その通りですが」

「つまり、おかしないい方だが、小笠原は、大下楠夫を、信用しているんだよ」

「そこまで、断定していいかどうか、私には、分かりませんが」

「しかし、煎じつめれば、そういうことになるんじゃないか？」

十津川は、あくまで、この考えにこだわった。

小笠原は、大下楠夫に、ひどい目にあった。あやうく、妻殺しの容疑で、有罪になり、刑務所へ放り込まれるところだった。

何とか、彼の無実が証明され、逆に、大下が、殺人容疑で逮捕された。大下は、同じように、起訴され、裁判にかけられるだろう。

しかし、六年間にわたって、小笠原を憎み続けた大下である。大人しく、裁判を受けるとは、とても思えない。優秀な弁護士を動員して、あくまでも、小笠原が真犯人だと主張するだろうし、法廷で、自分が犯人だと、口走ってしまったのは、島崎弁護士の口車に乗せられてしまったからだと、いい張るだろう。そのくらいのことはする男である。

それなのに、小笠原は、大下が裁判にかけられている時には、坂本みどりと、呑気《のんき》に、ハワイで過ごすつもりだと、いっている。しかも、その理由について、こんなことを、いっているのだ。

大下は、法廷で、僕の家内を殺したのは、自分だと、自白しているから、それを、否定することは、いわないと思う。

と。

つまり、小笠原は、奇妙なことに、大下を、信用しているのだ。

多分、小笠原は、何気なく、いったのだろう。何気なく、聞き流せば、別に、不思議ではないのだ。

しかし、十津川は、引っ掛かる。

(どうしてなんだ?)

と、首を傾げてしまうのだ。そして、この疑問から、一つの結論に到達してしまう。

それを確かめなければならなかった。

十津川は、亀井と二人で、引き続き、大下楠夫の、訊問に当たった。

「今日、小笠原徹に、会ってきたよ」

訊問を始める前に、十津川が、いうと、大下は、笑って、

「小笠原のヤツ、得意そうだったでしょう?」

「明後日から、女性を連れて、ハワイに行って来るといっていた」

「そうですか。本当はね、俺は、あいつを、刑務所に送ったら、ハワイに、行くつもりだったんですよ。六年間の恨みを、晴らしたら、少しは、外国で、のんびりしようと、

思っていましたからね」

「そうか、君も、小笠原を、刑務所に送り込んだら、海外に行って、祝杯を挙げるつもりだったのか？」

「そうですよ。少しは、命の洗濯を、したいですからね」

「つまり、六年間、小笠原徹をずっと、恨み続けてきた。君は、そう、いいたいわけだ？」

「そうですよ。でも、事実だから、仕方がないでしょう」

「君は本当は、小笠原徹のことを、どう思っているのかね？」

十津川が、聞くと、大下は、一瞬、怪訝《けげん》な表情になって、

「本当も、嘘もありませんよ。六年間ずっと、憎み続けてきたんだ。今さら、仲良くなんてできませんよ」

「われわれは、君を、殺人容疑で起訴するつもりだ」

「覚悟は、できていますよ」

「裁判になったら、どうするつもりかね？　自分は、小笠原徹の奥さんを殺していない。殺したのは、小笠原だと、そう、主張するつもりかね？」

「それは、こっちの、戦略ですからね。こんなところで、わざわざ、刑事さんなんかに、話しませんよ」

十津川は、今日、小笠原に見せた本を、取り出して、大下の前に、置いた。

名古屋の大地震をルポした『大地は怒る』である。

「この本、二年前に、君が出したものだが、覚えているかね？」

「もちろん、覚えていますとも。自分ながら、立派なルポになっていると、思っていますからね」

「しかし、掲載写真は、小笠原徹が撮ったものを使っているね」

「あいつなんかとは、本当は、組みたくなかったけど、出版社の、指示で仕方なく、組んだんですよ」

「今日、これを、小笠原徹に見せたら、君が、二年前に、この本を出した時も、自分のことを憎み続けていたのかと思うと、ビックリする。そういっていたよ」

「それが、あいつの甘いところなんですよ。頭はいいんだが、感覚が、鈍いんです。どうして、相手が自分のことを憎んでいるのか、考えようともしない。あれでよく、いい写真が、撮れるもんだと、驚いているんですよ」

「しかし、あの時は、小笠原と一緒に、被災地に行ったんだろう？　君が、ここはこう撮ってくれとか、いろいろと、指示して、小笠原が、写真を撮ったことになっている」

「ああ、もちろん。今もいったように、あいつの写真の、技術は大したものですが、感覚が古臭いんですよ。だから、いちいちこちらが指図をしなければ、いい写真が、撮れないんですよ」

大下は吐き捨てるように、いった。

3

十津川は、次に、『大地は怒る』を出した出版社に、行ってみることにした。

十津川は、亀井と、御茶ノ水《おちゃのみず》駅近くにある、サンクス書房という出版社を訪ねて、その出版部長に、会った。

十津川が、問題の本を見せて、この本が出版された頃の、著者の大下楠夫と、写真を撮った小笠原徹について、話を聞きたいというと、出版部長は、当惑した顔になって、

「それで、ビックリしているんですよ。二人が、あんなに、憎み合っていたなんて、まったく、知りませんでしたからね」

「この本を出したのは、二年前ですよね。その時は、そんなふうには、見えなかったんですか？」

「ええ、全然見えませんでしたよ」

「こちらの出版社では、最初に、大下楠夫のほうに、ルポを頼んだのですか？」

「ええ、そうです。彼は、ノンフィクション・ライターとしては、すでに、名前が売れ

ていましたからね。大地震の直後に、被災地に入って、ルポを書いてくれ。そう依頼したんです。写真も必要だから、私が、小笠原徹はどうだろうかと、相談したところ、大下楠夫が、彼ならいいですよ、腕がいいから。そういったので、二人で一緒に、被災地に、行って貰ったのです。編集者を一人つけました」

「その時、大下楠夫は、小笠原の人選に、別に反対はしなかったんですね？」

「ええ。今もいったように、反対するどころか、むしろ、彼なら、腕がいいから、安心だといった、感じでした」

「同行した編集者に、会わせて、貰えませんか？」

十津川が、頼むと、出版部長は、三十二、三歳ぐらいの、若い古賀《こが》という編集者を、紹介してくれた。

「二年前の、この取材の時の、二人の様子を話して貰いたいんです。確か、二週間にわたった、大規模な取材でしたね？」

十津川が、聞くと、古賀は、

「そうです。二週間にわたって、被災地を回りました」

「その時の二人の様子は、どうでしたか？　ケンカを、しているように見えましたか？それとも、仲良しに、見えましたか？」

亀井が、聞くと、古賀は、少し考えてから、

「それは、ちょっと、分かりませんね。大下楠夫さんは、被災地で、人に会って、話を聞いて回っていたし、小笠原徹さんのほうは、やたらに、パチパチと、写真を撮りまくっていましたからね」

「一人が、ルポを書き、もう一人が、それに合わせる写真を、撮っていたのだから、打ち合わせは、していたんじゃありませんか？」

「確かに、打ち合わせは、やっていましたよ、それも、真剣にね。だから逆に、あの二人が、仲が、いいのか、悪いのかは、分からなかったんです。とにかく、二人とも、仕事を、真剣にやっていた。時には、ケンカ腰でしたから」

「今度の事件から考えて、そういえば、二年前のあの取材の時にも、こんなことが、あったというようなことは、ありませんか？」

「そうですね。いろいろと、考えてみましたが、思い当たりませんね。とにかく、あの二人が、今回みたいな険悪な仲だったとは、取材の最中には、分かりませんでしたよ」

「しかし、二週間も一緒にいて、ずっと、取材していれば、二人が、ケンカすることもあったのでは、ありませんか？」

「もちろん、ありましたよ。お互いに、プロですからね。文章と、写真のことで、意見が食い違うと、お互いに、譲らないんですよ」

「それで結局、どちらかが、譲っているようには見えましたか？　大下楠夫ですか、それとも、小笠原徹ですか?」

「そうですね」

また古賀は、じっと、考え込んでいたが、

「大抵は、お互いに、折れ合って、あの本ができたんですが、一度だけ、なかなか、お互いに、主張を譲りませんでね。一緒にいた僕も、困ってしまったんですが、あの時は結局、大下楠夫さんのほうが、折れたんじゃなかったですかね」

「しかし、あの本は、著者、大下楠夫となっていますよね? 写真を撮った小笠原徹のほうの名前は、小さくなっているから、主導権は、あくまでも、ルポを書いた大下楠夫のほうに、あったんじゃありませんか?」

「それは、確かにそうですが、今もいったように、被災者の顔写真を入れるかどうかでもめましてね。それで結局、大下楠夫さんのほうが、折れたんです」

「それ、間違いありませんか?」

「ええ、間違いありませんよ」

「そのあと、二人に、同じような、企画を持ち込んだことは、ありませんか?」

十津川が、聞くと、古賀は、

「翌年の三月、北海道でまた地震があったでしょう? あの本が、よく売れたので、そのルポと、写真をお願いしようと思って、二人に頼んだのですが、どうしたことか、けんもほろろに、断られました」

「去年の、三月ですね？」

「ええ、そうです。三月十五日に起きた北海道の納沙布沖《のさっぷおき》地震ですよ。その震災の一週間後に、二人に、お願いに、行ったんですけどね」

「どちらにまず、話を持っていったのですか？」

「もちろん、ノンフィクション・ライターの、大下楠夫さんのほうです。そうしたら、小笠原徹と一緒に仕事をするなんて、真っ平ごめんだ。そういって、断られました」

「小笠原徹のほうにも、話を持ちかけたのですか？」

「ええ、両方のＯＫを、取らなければ、本が成り立ちませんからね」

「それで、小笠原徹のほうは、どういったのですか？」

「こちらも、断られました」

「確認しますが、去年の三月ですね？」

「ええ、そうです。三月二十二日、地震のあった、一週間後です」

「この本は、二年前の、六月に出していますよね。そして、次に企画を持ち込んだのが、翌年の三月です。その間に九カ月しか経っていませんね。その九カ月間に、二人の間に、何か、あったんですかね？」

「分かりません。とにかく、ビックリしたんですよ。どうして、こんなに仲が、悪くなったのか分からなかった。そんな話も、聞いていませんでしたからね」

「その理由を、聞きましたか？」

「ええ、一応聞きましたが」

「そうしたら、大下楠夫のほうは、どう答えたのですか？」

「あいつは、昔から嫌いだった。だから、一緒に、仕事をやる気はない。大下さんは、そう答えたし、小笠原さんのほうも、同じような答えでしたね」

「それは、ちょっと、おかしいですよね。二年前には、二人で、仲良く、名古屋の震災のルポを本にして、写真も、撮ったわけでしょう？　それなのに、その九カ月後には、昔から嫌いだったというのは、理屈に、合わないんじゃないですか？」

「そうですよね。確かに、理屈に合わないんだけど、そういわれて、去年三月の企画は、潰れてしまったんです」

古賀が、残念そうに、いった。

4

「これで、どうやら、引っ掛かっていたことの正体が分かったよ」

十津川は、亀井に向かって、そんなことをいった。

「今回の殺人事件についてですか?」

「もちろん、そうだよ。われわれは、まんまと騙されたんだ」

「小笠原徹の妻、笠原由紀こと、小笠原美由紀が殺された事件ですが、あの判決が、間違っているということですか?」

「間違っているというよりも、われわれ、捜査陣も田上検事も、判決を下した裁判長も、全員が、騙されたんだよ」

「すると、犯人はやはり、小笠原徹ということですか? しかし、彼には、しっかりとした、アリバイがありますよ」

「殺したのは、夫の小笠原徹じゃない。大下楠夫だ」

「それなら、どこも、間違っていないんじゃありませんか? 法廷で、大下は、自分が殺したと、叫んだんですから」

「形の上では、そうなっているが、本当の姿は、違うんだ。小笠原徹は、自分の結婚は失敗だったと思っていた。だから、坂本みどりという恋人を、作ったんだ。小笠原徹は、別れたがっていたが、妻の美由紀のほうが、承知しなかった。そこで、大下楠夫が、小笠原のために、彼女を殺したんだよ。その日、四月四日は、小笠原徹は、わざわざ鳴門まで行って、鳴門の渦潮を、撮影したり、たまたま、霊山寺の前にいた、お遍路の三宅亜紀子を写真に撮ったりして、アリバイを、作っておいた」

「それなら、どうして、裁判に、なってしまったんですかね？　われわれは最初、小笠原徹には、アリバイがあって、妻殺しの犯人ではないと、考えていたんですから、何もしないで、そのままにしておけば、よかったじゃないですか？」

「しかし、小笠原には、坂本みどりという恋人がいる。彼女と、一緒になれば、その時点で、小笠原は疑われてしまうだろう。そうなると、恋人と結婚はできないし、いつも、ビクビクしていなけりゃならない。自分の代わりに、大下楠夫が妻を殺してくれた。そのことが、バレないかという不安だよ。そこで、大下楠夫が、やたらに小笠原の悪口をいい、彼が妻を殺したといいふらした。それで裁判になった。裁判で一度、妻殺しについて無罪の判決が、出てしまえば、二度と、小笠原は、妻殺しについて、起訴されることはない。そうなれば、安心して、坂本みどりと結婚できるんだ」

「しかし、それでは、大下楠夫が、一方的に、貧乏くじを、引いたことになってしまうではありませんか？　黙っていればよかったのに、小笠原を、起訴させ、裁判に持っていって、自分が、犯人だということを、自白したわけですから」

「その点を、大下楠夫本人に聞いてみようじゃないか」

と、十津川が、いった。

大下楠夫が逮捕されてから、三度目の訊問である。

「今日は、本音で話し合いたいんだよ」

と、いきなり、十津川は、大下に、いった。

大下は、黙っている。どう返事をすべきか、迷っている顔だ。

十津川は、続けて、

「小笠原徹は、もう二度と、妻殺しの件について、逮捕されることも、起訴されることもない。だから、君も、安心して、本当のことを、話して貰いたい」

「何のことを、いっているのか、分りませんね。でも、もう、いいじゃありませんか。裁判で、小笠原は、無罪になったんだし、俺が、小笠原を、犯人に仕立てて、刑務所に、送ってやろうとしたのが、失敗したんですから」

大下が、いう。

十津川は、笑って、

「そのストーリーで、押し通す気かね？」

「何を、いっているんですか？」

「じゃあ、一つ、私が、作ったストーリーを、君に、聞いて貰おう。

六年前、君と小笠原徹とは、友人だった。君は、小笠原のカメラの腕前に感心していたし、小笠原のほうは、ノンフィクション・ライターとしての君の才能を、尊敬していた。そんな二人の間に、村田けいという魅力的な、若い女流作家が現れた。君たちは同時に、村田けいが好きになってしまった。惚れたんだ。彼女が新人賞を獲り、受賞第一作を、書くために、鳴門に取材に行くといった時、君たち、二人は、一緒に出かけていった。おそらく、旅の途中で、口説こうと、思ったからじゃないのか？　そして、問題の渦潮を見に、三人で、観潮船に乗った。その船の中でも、君は、村田けいを口説いた。しかし、けんもほろろに、拒絶されたんじゃないのか？　村田けいは、おそらく、君のようなオジさんは嫌いで、若い、小笠原徹のほうが好きだと、はっきり、君に、いったんだろう。いや、もっと手酷《てひど》く、拒否されたのかも、知れない。君は、カッとなって、村田けいを船から海に、突き落とした。それを、小笠原徹に、見られたんだよ。しかし、小笠原徹は、何も見なかったということにして、君を助けたんだ。君は、小笠原徹に対して、大きな借りを、作ってしまった。そのあと、小笠原徹は、女優の、小笠原美由紀、いや、笠原由紀と、結婚した。ところが、これが、大変な失敗だった。美人女優の、笠原由紀は、わがままで、平気で人を、傷つけるような女で、小笠原は、たちまち妻を、憎むようになってしまった。離婚したいが、笠原由紀のほうは、小笠原が、カメラマンとして、腕を上げてきたので、彼が必要になってきた。それで、別れることを、拒んだ。結婚生活が、面白くなくなった小笠原は、坂本みどりという恋人を、作った。しかし、妻の由紀は、別れようとしない。と、いって、小笠原には、莫大な慰謝料を払えるほどの収入もない。それを知って、君は今こそ、借りを返す時だと思ったんだろう。四月四日、君は、小笠原が、別れたがっている妻の由紀を、殺すことにした。その日、四月四日に、小笠原は、アリバイを、作るために鳴門に行った。鳴門の渦潮を撮影し、霊山寺の前では、ちょうど、その日が、お遍路の一日目だという、三宅亜紀子に会って、写真を撮った。そうして、小笠原が、アリバイ作りをしている間、君は、小笠原の家に、忍び込み、笠原由紀を、刺し殺した。君の、というよりも、君たちの、いちばんいい結末は、小笠原は、アリバイがあるから、疑われず、君が殺したことも、疑われず、事件が迷宮入りして、しまうことだった。われわれ警察も、小笠原徹はアリバイがあるので、最初は犯人だとは思わなかった。しかし、このままでいくと、小笠原徹は、恋人の、坂本みどりとは、結婚できない。結婚したとしたら、週刊誌の恰好の餌食に、なってしまうし、下手をすると、小笠原が、君に頼んで、妻を殺させたということが、バレてしまう。そうなっては困る。そこで、君が、というよりも、二人が、考えたのは、君が小笠原のことを怪しい、怪しいと騒いで、われわれ、警察が小笠原を、逮捕して起訴し、裁判になって、そこで無罪の判決を、受けることだった。そうすれば、小笠原は二度と、妻殺しの容疑で、逮捕されることも、罰せられることも、ないからね。小笠原は、堂々と、恋人の坂本みどりとも結婚できる。しかし、君自身は、犯行を自白しなければ、ならなくなった。が、君は、これで、満足しているんじゃないのか？　男としての借りを、返したわけだからね」

十津川が、話し終わると、大下は、大きな声で笑って、

「確かに、面白いおとぎ話ですね」

「そのおとぎ話には、続きがあってね。安藤君恵のことだよ。なぜ、安藤君恵が、殺されたのか、これについても、私なりに、おとぎ話の続きを、考えるとすれば、こうなってくる」

十津川が、続けて、

「小笠原徹のアリバイには、三宅亜紀子という証人がいる。しかし、三宅亜紀子と一緒にお遍路参りを、することになっていた、安藤君恵という女性がいた。安藤君恵は、当然、小笠原徹の妻が、殺された事件のことを、知っていた。何といっても、有名女優の、殺人事件だからね。それに、三宅亜紀子から、私が小笠原さんのアリバイを、証言しているの、と、聞いたんではないか？　安藤君恵は、それを、聞いて、これは、金になると、思ったのかも知れない。そして、小笠原徹を強請ったんだ。四月四日、私は、三宅亜紀子とずっと一緒に、いたが、あなたを、見たことはない。あの写真は、きっと、あとになってから撮ったに違いない。私が、そう証言したら、あなたはきっと、妻殺しの容疑で、逮捕されるわ。そういって、脅かしたのではないか？　小笠原は困って、君に、相談した。それで、君が考えたのは、小笠原徹と二人で、示し合わせて、安藤君恵の口を、封じることだった。そこで、君は、安藤君恵に対して、一緒に行って、小笠原徹から、金を脅し取ろう。実は、俺も、あいつを憎んでいるんだ。そんなふうに話を持ちかけて、去年の十二月十日、等々力駅で、待ち合わせて、二人で小笠原邸に向かった。もちろん、あの駅に、監視カメラがあることは、君は、よく知っていたから、あとになってそれが、有効に働くだろう。もちろん、それも、計算していたはずだ。そして、小笠原徹の家に近づいたところで、しばらく、待つことにした。おそらく、小笠原を、ここに呼び出したとでも、安藤君恵には、いったんじゃないのか？　そこへ小笠原が、車を運転してやってきた。その車の前に、君は、安藤君恵を、突き飛ばしたんだ。つまり、二人で、安藤君恵の口を封じたことになる。これが、付録のおとぎ話だよ」

十津川が、話し終わると、今度は、大下は、黙ってしまった。

「私のおとぎ話は、どうだったかね？　君の感想を、聞きたいものだな」

十津川が、いうと、大下は、笑って、

「それは、あくまでも、あなたのおとぎ話ですね。いくら警察が、頑張ったところで、小笠原は、もう逮捕されないし、私が、裁判を受けることには変わりがない。小笠原徹の奥さんを、殺したのは俺だし、安藤君恵を殺したのも、俺なんだから」

このあと、大下は、急に、口が重くなった。黙秘に近かった。下手に口をすべらせて、自分と、小笠原の二人で、ひそかに計画したことが、バレてしまうことを恐れたからだろう。

大下が、黙秘しても、十津川は、自分の推理に、自信を持っていた。

すべてのことが、六年前の鳴門で、始まったのだ。

この時、いわば、大下、小笠原、そして、村田けいは、三角関係だった。それが、こじれて、大下は、観潮船から、村田けいを、突き落として、殺してしまった。このことが、大下にとって、一生をかけて、償わなければならない、負い目になったのだろう。小笠原に対する大下の負い目である。だから、二年前、名古屋の被災地を、二人で、取材に行った時、大下が、下手《したて》に出ていたのは、小笠原に対する負い目のせいだろう。それが、九カ月後には、犬猿の仲のように見えたと、出版社の編集者が、証言している。

もちろん、そう見えるように、二人が芝居をしたに違いない。しかし、二年前には、仲良くしていたのに、去年の三月には、なぜ、憎み合うような芝居をする必要があったのか？

「この頃、小笠原夫婦の間が、絶望的になっていたんじゃないでしょうか？　もちろん、夫の小笠原にとってですけど」

と、十津川に、いったのは、北条早苗刑事だった。

「もっと詳しく、いってみたまえ」

「小笠原は、妻の美由紀を、持て余していた。というより、憎み始めていたんじゃないでしょうか。しかし、美由紀は、離婚に同意してくれない。このままでは、恋人の坂本みどりとの仲もこわれてしまう。それで、小笠原は、大下に苦しい気持ちを打ち明けたんじゃないでしょうか。このままでは、かっとして、妻を殺してしまうかも知れない。その時は、頼む、とです」

「それは、証言を頼んだということかな」

「そうです。有利な証言を頼んだと思います。でも、仲の良い親友の証言では、割引かれてしまう。犬猿の仲のライバルの証言なら、説得力があるだろうと考えて、急に、仲が悪く見えるように、振る舞うようにしたんだと思います」

「その延長線上に、四月四日の殺人事件があるわけだね？」

「そうだと思います」

「六年前の借りを返すために、大下が、小笠原のために、彼の妻を殺したんだ」

「はい」

「何か不満そうだな？」

「不満は、ありません」

「じゃあ、何があるんだ？」

「疑問です」

「その疑問を、いってみたまえ」

「警部の考えでは、小笠原に頼まれて、大下が、小笠原美由紀を殺したことになります。

四月四日、その日には、小笠原には、アリバイを作らせておいてです」

「違うのか？」

「六年前に、貸しがあったとしても、だから、俺に代わって、妻を殺してくれと、頼めるものでしょうか？」

「そこは、逆だったかも知れない。大下のほうが、小笠原と、妻の美由紀のことを見かねて、六年前のお礼に、俺が、四月四日に、彼女を殺してやるから、その日は、アリバイを作っておけと、申し出たのかも知れないな」

「そうだとしても、簡単に、じゃあ、家内を殺してくれと、いえるものでしょうか？」

「しかし、現実に、小笠原の妻は、殺され、大下は、自分が殺したと、告白しているんだ」

「はい」

「それでも、引っ掛かるかね？」

「私も、警部を真似て、一つのストーリーを作ってみました」

と、早苗がいった。

「そのストーリーを聞かせてみたまえ」

「四月三日の夜、小笠原は、いつものように、妻の美由紀とバスルームでケンカになり、我慢できずに、殴り倒してしまった。彼は、妻が死んだと思い込んで、大下楠夫に電話して、助けてくれと、いった。駆けつけた大下も、美由紀が死んだと思い込み、慌てて、小笠原に、すぐ、鳴門へ行って、アリバイを作れと指示し、小笠原が、飛び出していった。そのあとで、大下は、美由紀が、死んでいないことに、気がついた。意識を取り戻した美由紀は、大声で、夫の小笠原を、罵った。殺人未遂で訴えてやるともいった。もし、そんなことになったら、小笠原の前途は、真っ暗になってしまう。大下は、この時、六年前の借りを思い出し、今、その借りを返す時と思い、小笠原が、買ってあったサバイバルナイフで、裸の胸を突き、殺した。もちろん、小笠原のアリバイ作りに、時間が、必要だから、それまで、美由紀を殴りつけて、もう一度、気絶させ、時間かせぎをしたに違いない」

十津川の考えたストーリーと、北条早苗の考えたストーリーの、どちらが、事実かは、分からない。

十津川は、大下の訊問の時、早苗のストーリーも、話してみたが、大下は、ただ、小さく笑っただけだった。どちらが、事実でも、大下にとっても、小笠原にとっても、同じなのだろう。小笠原が、二度と、妻殺しで法廷に立たされることはないのだから。

5

二日後、十津川と亀井は、成田空港で、小笠原徹に、会った。彼のそばには、坂本みどりがいた。

「少しだけ、お話があります」

十津川が、いうと、小笠原は、腕時計に目をやって、

「出発まで、あと、少ししか、時間がありませんが」

と、いう。

「いや、ほんの五、六分あれば、済む話ですから」

十津川が、いった。

十津川と亀井は、小笠原と、みどりを、出発ロビーの中にある、喫茶室に連れていき、そこで話をした。

十津川は、まず、大下楠夫に、話したのと同じおとぎ話を、小笠原徹と、坂本みどりの二人に、聞かせた。だが、二人の表情は、変わらなかった。

「確か、日本航空のホノルル行きに乗るんでしたね？」

「ええ、そうです」

短く、小笠原が、答える。

「ファーストクラスですか？」

「ええ。せっかく、ハワイに行くんだから、ファーストクラスに、しました」

「ファーストクラスでは、確か、シャンパンが出ますよ。そのシャンパンを二人で飲んで、乾杯をしたらいい。大下楠夫という、一人の友人のおかげで、あなたは、無罪になった。それを祝って、ファーストクラスの座席で、乾杯をしたらいい。さぞ、おいしい、シャンパンになると、思いますからね」

「刑事さんは、いったい、私に、どうしろというんですか？」

小笠原が、抗議をするような口調で、いった。

「別に、どうしろとは、いっていませんよ。あなたの奥さん、女優の、笠原由紀こと小笠原美由紀殺害の件については、あなたは、すでに、無罪の判決を、受けてしまったんだから、私たちには、もう、どうすることもできません。だから、ファーストクラスで、お二人でシャンパンで乾杯したらいい。そういっているだけですよ」

「大下楠夫は、どうしていますか？」

「やはり、彼のことが、心配になりますか？」

「そりゃ、心配になりますよ。彼とは、いろいろあったが、私は無罪になって、自由の身になったが、これから大下楠夫は、刑務所に、入るんですからね。心配するのは、当然でしょう」

「今と同じ話を、大下楠夫にも、したんです。そうしたら、大下は、こんなことを私に、いいましたよ。いくら、面白いストーリーができても、もう、間に合わない。小笠原徹は自由の身で、私は喜んで、刑務所に入る。警察には、どうすることもできないんだとね」

「そうですか」

とだけ、小笠原は、いった。

「それだけですか？ あなたのために、殺人まで犯した人間に、対して、ただ、そうですか、だけですか？」

「しかし、すべて、刑事さんの考えたストーリーでしかないんでしょう？ そうなら、そうですかとしか、いいようがないじゃありませんか？」

小笠原は、そういうと、隣にいた坂本みどりに、小声で、

「出発の、時間だから、もう、失礼しよう」

二人が、立ち上がる。その二人に向かって、

「大下楠夫は、明日にも、起訴されますが、その大下楠夫に、何かいうことは、ありませんか？ 何かあれば、そのまま、彼に伝えますよ」

と、十津川が、いった。

小笠原は、立ち止まって、少し考えていたが、

「お互いの友情にも、飛行機の中で、乾杯する。そう伝えてください」

小笠原は、坂本みどりを促して、喫茶室を出ていった。

解説

山前 譲

ミステリーのイメージは読者それぞれにあるだろう。しかし基本はやはり、魅力的な謎とそれが解決されていく経緯のはずだ。その謎は殺人事件のような犯罪にまつわるものが多いけれど、いわゆる「日常の謎」から人類の歴史の謎まで——いや、もっと大胆に地球や宇宙の成り立ちまでテーマにしたものも近年では珍しくない。ミステリーのテーマの領域は今や無限大なのだ。ユニークなテーマで読者を楽しませている。どの作品を手にするか、読者にとっては悩ましい時代かもしれない。

そのなかにあって、トラベル・ミステリーと謳《うた》われている作品の魅力は、シンプルに読者に伝わっていることだろう。戦争や大災害、あるいはパンデミックといった社会状況の変化にもちろん影響は受けてきたけれど、基本的に日本人は旅行への関心をなくすことはなかったからである。

景勝地を訪れたり、名物料理を堪能したりするレジャーとしての旅は、もちろん楽しいはずだ。一方、ビジネスに関わる旅行はちょっと苦労が伴うかもしれない。家族や友人との交遊、あるいは傷心の思いを秘めてなど、旅は我々の人生にいたるところで寄りそってきた。その旅の移動手段、とくに鉄道への思い入れが強い人も多いに違いない。

西村京太郎作品への熱い視線の背景はそこにある。一九七八年刊の『寝台特急《ブルートレイン》殺人事件』を始発駅とする西村氏のトラベル・ミステリーは当初、いわゆる鉄道ミステリーにおいて、時刻表トリックによるアリバイ工作にこだわらない新たな趣向で魅了してミステリーの読者を虜《とりこ》にした。やがて十津川警部や亀井刑事たちが、難解な事件を解決するため日本各地を飛び回るようになり、いっそう多彩なミステリーがこれまで展開されてきた。

本書『十津川警部　鳴門の愛と死』も、タイトルにあるように人気の観光地である鳴門をメインにしての、まさに西村氏ならではのトラベル・ミステリーだ。ただ、魅力はそれだけではない。数多い西村作品のなかでも特筆すべきものと断言したいほど、トラベルとミステリーの絶妙な融合に引き込まれていく長編なのである。

十津川のところに『殺人の証明』と題した本が送られてきた。著者は大下楠夫——最近売り出し中のノンフィクション・ライターである。そこでは約一年前に東京で起こった、美人女優が殺された事件がテーマとなっていた。それはいまだに解決されていないから、警視庁捜査一課の警部にとっては見すごすことのできない一冊だ。

事件発生時、女優の夫でフリーカメラマンの小笠原徹が疑われた。だが、彼には徳島で「鳴門の渦潮」を撮影していたというアリバイがあった。また、有名な四国八十八カ所巡りの第一番札所である、霊山寺《りょうぜんじ》でも彼の目撃証言があった。ところが大下は、そのアリバイに疑念を抱き、独自の調査をすすめていたのである。

十津川警部があらためて関係者に捜査を進めていくなか、小笠原が車で西へと向かった。十津川班の三田村と北条早苗が追跡する。明石海峡大橋、大観覧車のある公園、大鳴門橋、鳴門の渦潮を見下ろす展望台……。そして霊山寺でお遍路姿に変身した小笠原は、さらに香川県の善通寺へと向かうのだった。

ふたりの刑事にはのんびりと観光する時間はなかったはずだが、読者は別である。小笠原の旅は徳島県を中心とした四国の観光名所が目白押しなのである。

明石海峡大橋は神戸市と淡路島を結ぶ世界最長の吊橋《つりばし》で、一九九八年に開通した。一九八五年に淡路島と鳴門市を結んで開通した大鳴門橋と接続することによって、四国と本州の交通ルートは格段に利便性が増した。もっとも、鉄道ファンならば、大鳴門橋は鉄道路線を敷設できる構造だったのに、明石海峡大橋が自動車専用として建設されたことに不満を抱くかもしれないが。

その代わり、大鳴門橋の橋桁下部には鳴門側から、遊歩道の「渦の道」が設けられた。床にはガラス張りとなっているところがあり、ダイナミックな「鳴門の渦潮」を真上から見ることができる。これが観光客には人気とのことだ。鳴門海峡に発生する渦潮は、大潮の際には直径が三十メートルにも達するそうで、世界最大級だという。観潮船に乗ればその飛沫《ひまつ》がかかるところまで接近できる。

四国のお遍路についてはいまさら言うこともないだろう。日本各地に同様の趣向が展開されているが、やはり本家は四国である。こうした四国の観光地が読者を誘う『十津川警部　鳴門の愛と死』だが、トラベル・ミステリーはもちろんトラベルとミステリーのバランスが大切である。どちらかに偏っていては読後感が変わってしまうだろう。

旅行ばかりしていても、あるいは謎解きばかりしていても、トラベル・ミステリーの読者は納得しないはずだ。このふたつの要素が有機的に結びつき、そしてバランスの取れた展開となっていることで、その作品がトラベル・ミステリーとしての魅力を最大限に発揮できるに違いない。

四国を舞台としての旅の興味から転じて、本書は中盤からミステリーとしての興味が濃厚となっていく。カメラマンの小笠原徹が起訴され、法廷ミステリーが展開されていくからだ。そして十津川警部も検察側の証人として法廷に立つのだった。

日本のミステリー界ではこのところ、いわゆるリーガル・サスペンスの話題作が多い。高木彬光《あきみつ》『破戒裁判』や大岡昇平『事件』、あるいはともに弁護士で江戸川乱歩賞作家の和久峻三氏や中嶋博行氏の作品群がかつてあった。二〇〇九年五月から実施された裁判員制度が注目を集め、芦辺拓『裁判員法廷』や夏樹静子『てのひらのメモ』といったいち早くその制度に着目した長編が話題となったこともある。

そして近年、弁護士や検察官を主人公にしたミステリーが増えているのは、明らかなトレンドだ。柚月《ゆづき》裕子氏がシリーズ化している佐方貞人《さかたさだと》のように、検察官から弁護士に転身したキャラクターも登場している。さらには二〇一一年刊の『贖罪《しょくざい》の奏鳴曲《ソナタ》』に始まる中山七里氏の御子柴《みこしば》弁護士のシリーズや、二〇二〇年に話題を呼んだ五十嵐律人《りつと》氏の『法廷遊戯』など、このところリーガル・サスペンスに注目すべき作品が多いのである。

緊張感漂う裁判や法律の解釈など、リーガル・サスペンスといってもそのテイストはさまざまだが、やはり法廷という舞台はじつに魅力的である。証拠や証言がクロスするサスペンスとピュアな謎解きが、ひときわミステリーとしての興味をそそっているからだ。

十津川は一九七六年刊の『消えた乗組員《クルー》』で海難審判というユニークな裁判に関わったことがある。太平洋上のヨットから乗組員が忽然《こつぜん》と消えたという不思議な事件だった。一九七七年刊行の『七人の証人』では、正式な法廷ではないけれど、孤島での私的な再審に巻き込まれたことがある。十津川は実質的な裁判官だった。

そして本書の小笠原の裁判である。不可解な彼の行動にマスコミは疑念を抱くが、裁判は厳正だ。検察側と弁護側のスリリングな対決が繰り広げられる。そして十津川警部にとっては思いもよらない判決が……。その意外な展開はまさにミステリーの醍醐味《だいごみ》ではないだろうか。

この『十津川警部　鳴門の愛と死』は二〇〇八年一月にジョイ・ノベルス（実業之日本社）の一冊として刊行された。かつて十津川の部下だった私立探偵の橋本が重要なキャラクターとして活躍しているのも、十津川警部シリーズのファンにとっては嬉《うれ》しい趣向に違いない。

一九八八年に瀬戸大橋が開通して鉄路で本州と四国が結ばれた。一九九九年には自動車道の瀬戸内しまなみ海道によって広島県尾道市と愛媛県今治市が結ばれる。こうした交通網の整備によって、集英社文庫既刊の『十津川警部　四国お遍路殺人ゲーム』など、十津川警部が四国に足を延ばす機会が増えた。そうした四国を舞台にした作品群のひとつとしてだけではなく、ミステリーとしての趣向が凝らされたこの長編は読者をきっと魅了するに違いない。

（やままえ・ゆずる　推理小説研究家）

本書は、二〇一〇年十一月、実業之日本社文庫として刊行されました。
単行本　二〇〇八年一月、実業之日本社

＊この作品はフィクションであり、実在の個人・団体・事件などとは、
一切関係ありません。

西村京太郎の本

十津川警部　九州観光列車の罠

十津川警部の相棒である亀井刑事に総理大臣夫人殺害容疑が！　その上、息子まで誘拐される。亀井に突如として訪れた窮地に、十津川警部は奔走するが……。傑作旅情ミステリー。

十津川警部　坂本龍馬と十津川郷士中井庄五郎

梶本文也は、十津川郷士・中井庄五郎についての日記を残して殺害された。坂本龍馬を警固した中井の存在が、現代の殺意を煽ったのか!?十津川警部が幕末の謎に挑む旅情ミステリー。

集英社文庫

S 集英社文庫

十津川警部《とつがわけいぶ》 鳴門《なると》の愛《あい》と死《し》

2021年12月25日 第1刷 定価はカバーに表示してあります。

著 者 西村京太郎《にしむらきょうたろう》

発行者 徳永 真

発行所 株式会社 集英社
東京都千代田区一ツ橋2-5-10 〒101-8050
電話 【編集部】03-3230-6095
【読者係】03-3230-6080
【販売部】03-3230-6393(書店専用)

印 刷 大日本印刷株式会社

製 本 ナショナル製本協同組合

フォーマットデザイン アリヤマデザインストア マークデザイン 居山浩二

ISBN978-4-08-744332-5 C0193